長編小説

発情団地

橘 真児

竹書房文庫

目次

※この作品は竹書房文庫のために
書き下ろされたものです。

第一章　隣妻の甘い誘い

1

　リビングとして使っている洋間の真ん中に、小さなテーブルがひとつ。その上には、コンビニで買ってきた惣菜《そうざい》が三品ほど並んでいる。

（虚《むな》しいなあ……）

　缶ビールのプルタブを開けると、プシュッと小気味よい音が立つ。けれど、少しも心がはずまない。

　飯野和志《いいのかずし》はやり切れなさに苛《さいな》まれ、苦い液体を喉に流し込んだ。

　三十歳にして独身。３ＤＫの社宅はやけに広く、家具があまりないこともあってがらんとしている。いっそ場違いというか、余所余所《よそよそ》しい印象すらあった。

そんなふうに思うのは、もともとひとりではなかったからであろう。

株式会社「モリモリ」の営業部に所属する和志は、マーケティング担当としてバリバリ働いていた。大卒後に入社したのは別の会社であったが、そこでの実績が認められ、今のところにヘッドハンティングされたのである。

健康食品全般の製造販売を手がけるモリモリは、創業当初は精力剤のみを扱っていた。社名はその名残であり、要は股間の隆起を象徴していたのだ。

しかし、精力剤のみでは、売上などたかが知れている。企業としての成長も期待できない。

そこで、他の商品開発を進めたところ、これが健康志向の風潮にうまくのっかり、文字通り功を奏したという。大幅に増えた黒字分を元手に事業を拡大し、工場を広げて自社ビルも持ち、支社も立ち上げた。モリモリの社名も、元気モリモリがモットーであると由来が変更された。

和志が引き抜かれたのは一年前、まだまだ成長できると、中途採用も含めて社員を大幅に増やしたときだ。その後も業績は右肩上がりだから、会社の目論見は見事に成功したと言える。

ところが、和志自身は、むしろ右肩下がりであった。

住んでいる社宅は、会社が建てた自社ビルからバスで五分の距離にある、新築ではなく、古い団地をリノベーションしたものだ。地盤がしっかりしており、建物も古いわりに頑丈に造られていたため、建て替える必要はないと判断されたようだ。

三棟残っていた建物を、一棟だけ取り壊して跡地を公園にし、二棟がモリモリの社宅になった。元が団地だから、四階建てでもエレベータがなく、セキュリティも甘い。不便なところは無きにしも非ずだ。

けれど、外壁が綺麗に塗られ、居住部分も今風に住みやすくなっていた。ほとんど和室だった部屋は洋間になり、キッチンは調理台もガス台も最新式でピカピカ。食洗機もある。温水器や床暖房が完備の他、トイレはもちろん洗浄器付きだ。

二棟合わせて約三十世帯。入居者の多くは、中途採用の家族もしくは夫婦世帯だと聞いている。本社ビルが郊外に建てられたこともあって、もともといた社員のうち、通勤が困難になった者も含まれているとか。部屋数と広さのわりに家賃が格安で、希望者も多かったらしい。

和志はほぼ優先的に入居が認められた。会社が期待していた証《あかし》であったろう。その期待に応えるため、頑張ってきたというのに。

「はあ……」

ため息をつき、ビールを飲む。買ってきた容器そのままの惣菜をひと口食べたが、旨《うま》いのか不味《まず》いのかわからなかった。

ピンポーン――。

呼び鈴が鳴る。誰なのかと深く考えることなく、和志はのろのろと立ちあがった。生ける屍《しかばね》にも等しい、覇気のない動きで。

ドアを開けると、お隣の安倉《やすくら》家の奥さん、京香《きょうか》がいた。料理の器が三つほど載ったお盆を両手で持って。

「さっきはありがとうございました。これ、お礼っていうか、お裾《すそ》分《わ》けです」

笑顔で言われ、夕方のことを思い出す。会社帰りに、元団地だった社宅の敷地に入ったところで、大きなエコバッグをふたつも持った彼女と一緒になり、部屋までひとつ運んであげたのである。

バッグの中身は、スーパーで買ったと思《おぼ》しき食材がほとんどだった。帰るとさっそく、それらで料理をこしらえたのだろう。和志がコンビニに出かけて、雑誌を立ち読みし、惣菜を買ってくるあいだに。

「いや、お礼をされるほどのことじゃないですから」

などと言いながら、和志はお盆に載った品々に、目と心を奪われていたのである。

唐揚げと根菜の煮物、それからポテトサラダ。いかにもポピュラーなメニューは、家庭料理の素朴さとぬくもりがあり、独身男には喉から手が出るほどに食欲をそそれるものだ。コンビニの惣菜なんて、どうでもよくなるほどに。

そんな隣人の内心を、京香は見抜いたのではないか。

「これ、いっしょに食べませんか？」

と、願ってもない提案をしてくれる。

「飯野さんもお食事中だったんでしょ？」

「お食事中というか、まあ、ええ」

「ひとりで食べるのも寂しくて味気ないし、わたしなんかでもそばにいたら、少しは気が紛れるんじゃないかしら」

京香は『わたしなんか』と謙遜したが、料理上手な人妻は、癒《い》やしの笑顔が殊《こと》の外《ほか》チャーミングで、しかも肉感的なボディの持ち主である。帰宅後に着替えて、今は縦縞のシャツにジーンズというシンプルな装いながら、全身から熟れた色香が匂い立つようだ。

（たしか、おれより四つ上なんだよな）

お隣のよしみで年齢は知っている。三十四歳でもお肌の曲がり角にはほど遠いらしく、ナチュラルメイクの頬やおでこはツヤツヤだ。それでいて年上の余裕も感じられ、無条件に甘えたくなる。

よって、お相伴《しょうばん》は大歓迎なのであるが、素直に受け入れるのはためらわれた。彼女には夫がいるのだ。

「でも、旦那さんは？」

不在だと見当はついていたが、いちおう確認する。

「今日も出張なの。帰りは明後日になるみたい」

京香の表情が曇る。安倉家は、夫婦そろってモリモリの社員なのだ。

彼女は経理課で、若くして責任のある地位だと聞いている。ひと当たりがいいばかりでなく、仕事もできるのだ。

夫のほうは、和志と同じ営業部である。ただ、彼は販売と流通の担当なので、職場では接点がない。仕事内容で第一、第二というふうにいくつかにわかれているため、オフィスも異なっている。

それでも、出張で不在が多いことは知っていた。社宅に引っ越したあとで市場開拓の責任者となり、あちこち飛び回るようになったらしい。

「そうなんですか」

夫のいない寂しさを慮《おもんぱか》って神妙にうなずくと、彼女が一転明るい笑顔を見せる。

「だから、今夜は独り身同士、仲良くやりましょ」

冗談めかした言い回しに、和志も口許《くちもと》をほころばせつつ、胸にかすかな痛みを覚えた。京香が無理をしているように見えたのに加え、自身の境遇を同情された感じがしたからだ。

ここへ越してきた当初、それこそ安倉夫妻と知り合ったときには、和志は独り身ではなかった。

「では、こちらへどうぞ」

京香をリビングに通し、テーブルにあったコンビニの惣菜を片付ける。ほとんど箸をつけていなかったが、もっと美味《おい》しそうなご馳走があるのだ。

「ビールしかないんですけど、いいですか？」

訊ねると、彼女が「ええ、いただきます」と答える。料理を提供するのだし、お酒はこちらで出してもらうつもりでいたようだ。そのほうが、和志も遠慮なく手料理をいただける。

さっき飲んでいたものはほとんど空になっていたので、新しい缶ビールを二本と、取り皿と箸もキッチンから持ってくる。テーブルで向かい合い、ふたりはプルタブを開けた。

「それじゃ、乾杯」

京香の音頭で缶を軽くぶつける。彼女はコクコクと喉を鳴らし、旨そうにビールを飲んだ。

「あー、美味しい」

嬉しそうに頬を緩めた人妻に、和志は大いにときめいた。旦那が出張でラッキーだったと思ったところで、ふと気がつく。

(待てよ。つまりこの料理は、おれのためにこしらえたってことなのか?)

夫が不在なのに、けっこう手のかかりそうな料理を準備したのである。自分ひとりで食べるだけなら、ここまではしないだろう。

それに、夫は明後日まで帰らないという。なのに、あんなに買い物をしていたのも不可解だ。そうすると、荷物を運んでもらったお礼というのは口実で、最初から和志と夕飯を共にするつもりでいたのかもしれない。

(――いや、そんなことはないか)

考えすぎだと、胸に浮かんだ臆測を打ち消す。食材だって、一度にたくさん買って、下ごしらえしたものを冷蔵庫にしまうのが習慣になっているだけかもしれない。

和志もビールを飲み、

「では、遠慮なくいただきます」

まずは唐揚げに箸をつける。かぶりつくと、肉の旨味と脂《あぶら》が、口の中にじゅわりと広がった。

「ああ、旨いです。ビールによく合いますね」

称賛の言葉に、京香が恥じらいの微笑をこぼす。

「お口に合ったのならうれしいわ。これ、唐揚げ粉も自家製なんですよ」

やはり手間のかかるものを、わざわざ作ってくれたのだ。

(ひょっとして、おれのために？)

確認したくなったけれど、寸前で思いとどまる。もしもそうだと答えられたら、どんな反応をすればいいのかわからなかったからだ。

と、京香が室内を見回す。まだ団地で和室だったときも、ここには卓袱台《ちゃぶだい》が置かれ、家族が団欒《だんらん》の時間を過ごしたのだろうか。

「けっこうすっきりしたんですね」

社宅に入って間もなく、安倉夫妻とこの洋間で飲み会をした。そのときと部屋の様子が違っていることを言っているのだ。

「まあ、ひとりになって、いらないものを処分しましたから」

和志はいささか荒《すさ》んだ心持ちになり、事実を伝えた。べつに言わなくても、彼女にはわかっていたであろうが。

一年前、和志は社宅に夫婦で入居した。そのときは妻帯者だったのだ。

それから半年後、夫婦関係に亀裂が生じた。妻の浮気が発覚したのである。

ひとつ年上の妻とは、前に勤めていた会社で知り合い、職場結婚をした。和志は共働きでもよかったのだが、夫婦で同じところに勤めるのは気まずいと、妻本人が希望して寿《ことぶき》退社することになった。

たとえ辞めたあとでも、自身も勤めたところで愛着があったのか、和志の転職に妻は反対した。待遇がよくなるからと説得し、どうにか了承を取り付けたものの、引っ越して社宅に入るとなったら、また文句を言い出した。当時は都心に近いところに住んでおり、郊外なんて不便だと決めつけてきた。

もっとも、本当の理由はそうではなかったことが、浮気が発覚して判明する。相手の男は、和志の同僚だったのだ。和志と付き合うようになる前からの関係で、結婚後もふたりは逢い引きを続けていた。

要するに、転職や引っ越しに反対したのは、そいつと頻繁に会えなくなるためだったのだ。

魔が差したというレベルの不貞ではない。和志はずっと騙されていたわけである。ショックはかなりのもので、今に至るも心の傷は癒えていない。

一方、妻は浮気がバレてもうろたえなかった。離婚にあっさり同意したのも、浮気相手——彼女にしてみれば、そっちが本命だったようだ——と一緒になりたかったからだろう。浮気がわかったのは、たまたま彼女の携帯を見たからだが、そうなるように仕向けたのではないかと、あとで気がついた。

ふたりのあいだに子供はいなかったため、養育費は不要である。ただ、慰謝料まで無しにするつもりはなかった。和志は浮気をされた被害者である。夫がいると承知の上で関係を続けた相手の男にも、請求しなければ気が済まなかった。

ところが、妻はびた一文払うつもりはなかったらしい。浮気をされたのは和志の落ち度であり、転職や引っ越しで振り回されたこっちがもらうべきだと主張した。

話し合いでは決着がつきそうになかったので、和志は弁護士を依頼した。時間はかかったがきっちり片を付けてくれ、とりあえず満足のいく金額を毟《むし》り取ることができた。

かくして三ヵ月前、和志は独身に戻ったのである。家の中のものも、妻とふたりで買ったり、一緒に使ってきたりしたものは、ほとんど処分した。リビングが殺風景なのはそのためである。

「でも、このぐらいさっぱりしたほうが、気持ちを新たにして、新しい生活を始めるのにはいいかもしれませんね」

京香が慰めるように言う。お隣ということで、離婚の理由やその後のゴタゴタも知っていたから、和志に対して同情的であった。

(だからおれのために、こうして料理まで作ってくれたのかも)

妻に浮気された情けない男に憐憫《れんびん》を覚えて。そればかりでなく、和志の会社での立場が危ういことも知っているのではないか。

前の職場の友人に聞いた話では、妻の浮気相手は降格処分となり、出世コースからはずされたとのこと。また、和志の元妻と一緒になるつもりもなさそうだという。許されない快楽に溺れた結果、ふたりとも多くを失う羽目になったのだ。

おかげで溜飲が下がったものの、和志とて安穏としていられる状況ではなかった。

事情が事情だけに、周囲も彼に同情してくれた。社員寮は世帯用のため、独りで住むのは本来なら許されない。にもかかわらず、総務のほうからしばらくはそのままでいいと許しが得られた。

ならば、かけられた温情を仕事でお返しすべきだろう。けれど、浮気や離婚のショックに加え、生活の根源たる家庭もなくしたことで、和志は生きがいや情熱を削ぎ落とされたのである。

会社に行っても命じられた仕事をただこなすだけ。今や覇気のない、役立たずの社員に成り果てていた。上司や同僚の評価もがた落ちで、このままではいつ降格か、あるいはクビを宣告されてもおかしくないというところまで追い込まれていた。

経理課はお金を扱う部署だけに、社内の様々な情報が集まりやすい。和志が窮地にあることを、京香が知っていても不思議ではなかった。

隣人の優しさに触れて、和志は感激したはずだった。ところが、同情や憐れみを買ったのだと思うと、ひどく惨《みじ》めな気持ちになる。美味しかったはずの料理も、急に味気ないものに感じられた。

「あら、どうかしたんですか？」

箸が止まったものだから、京香が首をかしげる。

「ああ、いえ」

卑屈な心根を知られたくなくて、和志は曖昧《あいまい》に誤魔化した。

会話が途切れ、なんとなく気まずい雰囲気になる。せっかく料理を持ってきてくれたのに、これでは恩を仇で返すようなものではないか。

何か楽しくなるような話題はないか。頭をフル回転させていると、京香がぽつりと言った。

「元気を出してくださいね」

「え？」

「わたしには、こんなことぐらいしかできませんけど」

やはり彼女は、独り身になった隣人を気にかけていたのだ。同情されるなんて惨めなだけだと思ったはずが、優しい言葉をかけられて、不覚にも涙がこぼれそうになる。

「……ありがとうございます」

どうにか礼は述べられたが、それ以上は無理だった。感激で声が震えたからだ。

すると、京香が笑みを浮かべる。

「わたしなんて、飯野さんにあれこれ言えるような立場じゃないんですけど」

「いえ、そんなことは」

「寂しい者同士、慰め合っていると思ってください」

自嘲気味な発言に、和志は（え？）となった。どうして彼女が、寂しい思いをしなければならないのか。

（ひょっとして、旦那さんと別れるのか？）

夫の出張が多いせいで、夫婦関係に亀裂が生じたとか。あるいは、夫が出張先で、他の女と逢い引きしていたのか。

浮かんだ推察を、さすがに確認することはできなかった。それでも、京香はこちらの表情から察したらしい。

「あの、ヘンな想像をしないでくださいね」

「え？」

「主人が留守がちで、不満は確かにありますけど、仕事だからしょうがないってわかっていますから」

離婚など考えていないと、言葉ではなく目で訴えてくる。早合点だったかと、和志は肩をすぼめた。

「そうですよね……勤め先も同じなんですから」

夫が重要な役割を担っているのを、京香はきちんと理解しているはず。仕事とワタシとどっちが大事なのなんて、三流ドラマにありがちな台詞《せりふ》を、聡明な彼女が口にするとは思えなかった。

「ただ、寂しいのは、飯野さんといっしょです。特にひとりで夜を過ごすときには、ひと肌が恋しくなったりもするんですよ」

やけに色っぽいことを言われてどぎまぎする。おまけに、こちらを見つめる京香の目が、秘めた想いを湛《たた》えるように潤んでいたのだ。

「きょ、京香さん」

名前を口にするなり、喉がぐぴっと浅ましい音を立てる。それを誤魔化すべく、

「だったら、ふたりで慰め合いませんか?」

冗談めかして言ったつもりが、声のトーンは少しも浮ついていなかった。

「いいんですか?」

人妻がのってきたことで、後に引けなくなる。慰め合うというのが男女の行為を指していると、彼女も理解したはずだ。

(本気なのか、京香さん)

さっきまで普通に食事をしていたのに、いつの間にこんな展開になったのだろう。振り返っても、どこで線路が切り替わったのか、さっぱりわからなかった。

まさか、最初から一夜の契《ちぎ》りを求めて、料理を持ってきてくれたわけではあるまい。本当にそうだったとしたら、まんまと計略に乗ったことになる。

京香が膝を進め、にじり寄ってくる。和志の膝に手をのせて、すりすりと撫でた。

「あ――」

官能的なスキンシップに、たまらず声が洩《も》れる。目の前に迫った美貌は、ほんのり赤らんでいた。ビールで酔ったせいばかりではあるまい。

「……女に恥をかかせないでね」

釘を刺されたことで、これからの流れが確定した。

2

ふたりは隣の部屋に移動した。ダブルベッドが鎮座する寝室へと。

実は、ベッドも処分するつもりだった。夫婦の思い出ばかりか、様々なものが染みついていたから。

けれど、大きなものだし、処理費用もかかる。粗大ゴミに出したのを社宅の人間に見られたら、いかにも離婚の後始末というふうに取られるだろう。

そのため、中敷きとカバーだけ新しいものにして、未だに使っていた。

こうして女性を連れ込んだときには、ダブルベッドは重宝だ。すぐさま抱き合えるし、いちいち蒲団《ふとん》を敷いていたら興醒《きょうざ》めだ。

「京香さん」

ベッドの脇で、和志は人妻を抱きしめた。柔らかくて甘い香りのする女体に、一気に発情モードになる。寝室に来るまでは、いいのだろうかとためらっていたのに。

「あん」

恥じらうように身じろぎ、京香が切なげな吐息をこぼす。すぐさま和志の背中に腕を回した。

唇がふれあう。最初は遠慮がちに掠《かす》めた程度であったが、ふたりの求めているものが同じである以上、遠慮は無用だ。次はしっかりと密着し、情熱的に吸う。

(おれ、京香さんとキスしてる)

お隣の素敵な奥さん。ほんの数分前まで、そうとしか思っていなかったのだ。今は前々からの恋人同士みたいに抱擁し、くちづけを交わしている。

先に舌を入れたのは、京香だった。少しひんやりした唾液を連れて、唇の内側を舐《な》めてくれる。和志も自らのものを与え、戯《たわむ》れさせた。

ピチャ――。

口許から水音がこぼれる。舌がヌルヌルとこすれるところから、甘美な電流が発生するのを感じた。

そこまですれば、魅力的なからだをもっと堪能したくなる。

彼女の背中にあった手を、和志は徐々に下降させた。シャツの裾をめくり、女らしい豊かなヒップを鷲掴《わしづか》みにする。ジーンズはソフトタイプだったようで、指がやすやすと喰い込んだ。

「ンふ」

京香が鼻息をこぼす。けれど、咎められることはない。むしろ歓迎するかのように、腰をぶつけてくる。

(おれのもさわってほしい)

和志は強く願った。ブリーフの中で、分身は早くも雄々しく変化していたのだ。疼《うず》きにまみれ、柔らかな手指で握られることを欲して。

互いの唾液をたっぷり飲みあってから、唇が離れる。

「ふう」

息をついた人妻の頬はさっき以上に紅潮し、表情も艶《つや》っぽく蕩《とろ》けていた。

「ね、脱いで」

彼女が年上らしく命じる。ここまでになったら、他人行儀な言葉遣《づか》いは不要だ。

和志はすぐさまズボンの前を開いた。下から脱いだのは、辛抱たまらなくなっていた証である。

いちおうシャツも脱いで、ブリーフのみの姿となる。京香のほうも、上下ともダークレッドの下着をあらわにした。白い肌に映えるそれは、成熟した女体だからこそよく似合う。

甘ったるいかぐわしさが強まる。なめらかな肌から放たれる、男を発情させるパフュームだ。

「あ、シャワーを」

言いかけた彼女を、和志はベッドに押し倒した。そんなことをしたら素敵な匂いが消えてしまう。それに、一刻も早く結ばれたくて、我慢できなかったのだ。

「もう」

不満をこぼす唇を再び塞ぎ、抱き心地のいいボディの感触に身をくねらせる。背中の下に手を入れて、手探りでホックをはずすと、ブラジャーのカップがふくらみから浮きあがった。

身を剝《は》がすと、濡れた目が睨《にら》んでくる。

「せっかちね」

なじりながらも、京香はブラジャーのストラップを肩からはずした。

仰向《あおむ》けでもふっくらしたかたちを保つ乳房の、頂上の突起は淡いワイン色だ。小指の先ほどの大きさで、乳暈《にゅううん》も小さめである。あたかもミルクプリンに載ったクランベリーのよう。早く食べてと誘いをかけてくる。

無言のリクエストに応じて、和志は可憐な乳頭に口をつけた。

「あふっ」

京香が背中を浮かせ、身を震わせる。ほの甘い突起を舌でチロチロとはじけば、たちまち硬くふくらんだ。

(すごく敏感なんだな)

夫が不在で寂しい夜は、自らの指で刺激し、悦《よろこ》びを得ているのではないか。おっぱいだけでなく、もっと感じやすいところも。

人妻のオナニーを想像し、全身が熱くなる。今は自分が気持ちよくしてあげるのだと、使命感すら抱いて舌を躍らせ、もう一方の突起は指で摘《つ》まんだ。

「ああ、あ、気持ちいい」

歓喜の声がほとばしる。視界の中の柔肌も、細かく痙攣《けいれん》するのが見えた。

両乳首を丹念にねぶり、京香をさんざん喘がせてから、和志はからだの位置を下げた。鳩尾《みぞおち》の汗や、ヘソの周囲も舐める。ここまでねちっこく女体を攻めるのは、ずいぶん久しぶりな気がした。

（こっちに越してから、あいつとはあまりしてなかったんだよな）

環境が変わって忙しくなったためもあり、別れた妻との営みが疎《おろそ》かになっていたのを思い出す。そのせいで、彼女は浮気相手と切れなかったのかもしれない。

自身の落ち度もあるのかと考え、落ち込みかけたものの、

（そもそも結婚後も関係を続けていた、あっちに原因があるんだ）

おれは悪くないと自らに言い聞かせる。そして、これまで誠実に生きてきたからこそ、こんな素敵な女性と親密になれたのだ。幸運の女神の思し召しで。

最後の一枚に手をかけると、彼女が言わずともヒップを浮かせてくれる。豊かに張り出した艶腰から、薄物はいとも簡単に剝がされて、美脚をするすると下った。

「ああん」

京香が両手で顔を覆う。恥じらいの反応と、あらわになった淫部とのギャップに、和志は軽い目眩《めまい》を覚えた。

なだらかに盛りあがった下腹部に逆立つ秘叢は、かなり濃かった。燃え盛る女の情念そのままというふうで、大いにそそられる。

（いよいよ京香さんのアソコが——）

見たくてたまらないものを見るべく、脚を開かせる。抵抗なく割り開かれた下肢の付け根に、縮れ毛では隠しきれない淫靡な谷があった。

むわ……。

熱気を帯びた秘臭がたち昇る。チーズに汗をまぶしたような、どこかケモノっぽいかぐわしさだ。

ナマの性器に、正直すぎる女くささ。お隣の奥さんの秘密を暴き、和志の心臓はかつてない鼓動を鳴らした。

(これが京香さんの——)

童貞時代、初めてネットの無修正画像を見たときだって、ここまで昂《たかぶ》らなかったはず。いや、元妻や、それ以前に関係を持った数少ない女性の秘部を目にしたときも、生々しさゆえに違和感のほうが大きかった。

なのに、今はこんなにもときめいている。交流のある隣人の秘められた部分だけに、背徳感も著《いちじる》しい。それが劣情を高めるのだろうか。

熱い視線を感じたのか、女芯がなまめかしくすぼまる。そこから透明な露がトロリと滴った。

(もうこんなに濡れてるのか)

おっぱいを吸って快感を与えたが、それだけでここまでになったとは思えない。これからすることへの期待に、女らしく花開いた肉体が反応しているのだ。

「……挿《い》れていいわよ」

顔を隠したまま、京香がくぐもった声で告げる。恥ずかしいところを観察されたくないというより、身も心も深い繋《つな》がりを欲していたのだろう。

蜜穴はかなり潤っているようだし、挿入に支障はない。和志自身、剛直が疼きまくっており、濡れ穴の甘美な締めつけを浴びたかった。

しかし、その前にどうしてもやりたいことがある。

さらけ出された女陰に顔を寄せる。ぬるい淫香が強まり、叢《くさむら》の狭間に覗く佇《たたず》まいもはっきり見えた。

花びらは、左右でかたちが違う。ややくすんだ肉色のそれは、向かって右側が大きかった。そのアンバランスさが、やけに卑猥である。

情欲を煽《あお》られ、鼻息が荒くなる。それが敏感なところにかかったのか、

「え、何してるの？」

訝《いぶか》る声が聞こえて、和志は焦った。すぐさま求めていたことを実行に移す。

「キャッ」

京香が悲鳴を上げる。年下の男が秘苑にくちづけたとわかったのだ。

(おお、すごい)

密着したことで、濃密さを増した媚薫が鼻の奥まで流れ込む。むせ返りそうになりながらも、和志は舌を濡れ割れに差し込んだ。

舌に絡む粘つきは、匂いほどにはっきりした味はない。わずかな塩気を感じる程度であった。

それでも、和志はたまらなく甘露だと思った。だからこそ、花弁の狭間に溜まっていたそれをすすったのである。

ぢゅぢゅぢゅぢゅッ。

はしたない音が立つ。京香の耳にも届いたはずだ。

「イヤイヤ、だ、ダメぇ」

腰をよじって逃げようとするのを、太腿《ふともも》をがっちり摑んで阻止する。湿った窪地をほじるようにねぶれば、「あ、ああっ」と悦びの声がこぼれた。

しかしながら、彼女にはクンニリングスを甘んじて受け入れられない理由があったのである。

「や、やめて……そこ、洗ってないのにぃ」

一日会社で仕事に従事し、帰ってからも料理を作るなど、働きづめだったのだ。蒸れた秘苑が匂ったのも当然のこと。確認しなかったが、パンティの裏地もかなり汚れていたのではあるまいか。

けれど、ありのままのフレグランスや味が男を惹《ひ》きつけるのを、隣室の人妻は知らないらしい。

もっとも、和志とて、セックスのときにいつも女体を嗅ぎ回っていたわけではない。元妻も事前にシャワーを浴びるのが常だったから、秘部に口をつけてもボディソープの残り香しかしなかった。それを残念だと思ったこともないし、好んで素の匂いを求めもしなかった。

なのに、京香のここだけは、有りのままの荒々しさを堪能したくなったのである。妻に裏切られたために、女性そのものに復讐するつもりで、辱《はずかし》めを与えたくなったとでもいうのだろうか。

いや、魅力的な熟女の、すべてを知りたかったのである。

孤独と寂しさを募らせていた和志は、無意識に誰かを求めていた。できれば優しく慰めてくれる女性を。彼女はまさに理想的な存在であり、たとえ人妻であっても、今だけは余すところなく自分のものにしたかった。

「ううう、も、バカぁ」

なじる声が弱々しくなる。抗《あらが》う力も弱まり、脂ののった下腹がせわしなく波打つのが見えた。

（よし、感じてるぞ）

快感が羞恥を凌駕《りょうが》したようだ。ならばこのまま頂上までと、敏感な肉芽を探って攻める。

「あああぁ、そ、そこぉ」

甲高い声が寝室にこだまする。お気に入りのポイントを、どんぴしゃりで捉えられたようだ。

狙いをはずさぬよう、集中して攻めまくれば、京香が「ダメダメ」とよがり泣く。子供みたいに脚をじたばたさせ、呼吸も荒くなった。

「そ、それ、弱いのよぉ」

弱点であることを暴露して、許されると思ったら大きな間違いだ。和志は標的をはずすことなく、一心に舌を律動させた。

「あ、イヤ、ホントに――」

はふはふと気ぜわしい息づかいが、むっちりした太腿が頭を強く挟み込んだことで聞こえなくなった。それがせめてもの抵抗だったらしい。

(もうすぐだぞ)

ヒップが浮きあがっては落ち、その間隔が短くなる。かなり高まっているのが手に取るようにわかった。

そして、女芯のヒクつきがいよいよピークを迎えそうだと思われたとき、

「あふンッ！」

京香が熟れ腰をガクンと跳ね上げる。あとは手足を投げ出し、深い呼吸を繰り返すのみになった。

(イッたんだ)

密かに期待したような、あられもない絶頂ではなかった。けれど、ぐったりして動けない様子からして、快感は相応に大きかったようだ。

和志はブリーフを脱ぎ、彼女と同じく全裸になると、無防備に横たわる女体に添い寝した。

半開きの唇から、温かな吐息がこぼれる。そっと嗅ぐと、唾液が乾いたような匂いがした。これもまた、近しい人間以外が知ることのない、人妻の素の部分なのだ。

愛《いと》しさがふくれあがり、オルガスムスの余韻にひたる美貌を飽くことなく眺める。

このひととずっと一緒にいたい気持ちも強まった。

しかし、それは叶《かな》わぬ夢である。京香には夫がいる。こうしてひとつのベッドにいるのも、寂しい者同士、互いを慰め合うためなのだ。

これが最初で最後かもしれないと考えると、胸が痛む。虚しさも覚えつつ、せめてこの短いひとときだけでも、心ゆくまで快楽を貪《むさぼ》りたい。

高まる劣情で、ペニスがいっそう力を漲《みなぎ》らせる。下腹をぺちぺちと打ち鳴らす猛々《たけだけ》しさが、和志は我が事ながら信じられなかった。

(こんなに勃《た》つのって、久しぶりだよな)

特に離婚後は、性欲も減退していた。欲望はいちおうオナニーで発散したが、機械的にしごいて、溜まったものを出していたに過ぎない。それこそ排泄行為と変わらないものであったろう。

「ん……」

小さな声を洩らし、京香が瞼《まぶた》を開く。トロンとした目がこちらを見あげ、和志は胸を高鳴らせた。年上とは思えないほど、顔立ちがあどけなく感じられたのだ。

目の焦点が合ってこちらを認めるなり、彼女はあからさまにうろたえた。

「わ、わたし――」

頬を紅潮させ、目を潤ませる。イカされたのが恥ずかしいのだろうと、和志はほほ笑ましく見つめていたのであるが、

「ひ、ひどいじゃない」

涙声でなじられて、「え?」と戸惑う。

「やめてって言ったのに舐めるなんて……よ、汚れてたのに」

洗っていない性器に口をつけられたのを、まだ気にしていたのだ。

「いや、べつに汚れてたってことは」

否定しようとしたものの、睨まれて口ごもる。そそられる匂いだったから舐めたなんて打ち明けたら、間違いなく変態呼ばわりされるだろう。

「すみません……ずっとしていなかったから、我慢できなくって」

女体に飢えていたせいだという説明を、京香はいちおう信じてくれたらしい。実際、シャワーを浴びると言ったのも聞かずに、彼女を押し倒したのだ。

「だからって、相手のことを考えなくてどうするのよ」

年上らしいお説教にも、素直に「そうですね」とうなずく。

「まあ、でも、気持ちよかったから許してあげるわ」

照れくさそうな笑顔を見せられ、和志はホッとした。このまま続けても大丈夫なよ

うである。

3

「ところで、飯野さんのほうはどうなのかしら？」

京香の言った意味を、和志はすぐに理解できなかった。下半身に甘美な衝撃を受けるまで。

「ううっ」

油断していたために、声が出てしまう。猛る分身をいきなり握られたのだ。

「まあ、こんなに硬くして」

牡器官を捉えた指が、全体の形状を確かめるように動く。早くも持ちあがっていた陰嚢《いんのう》にも触れたあと、脈打つ肉棒を強めに握った。

「すごいわ……飯野さんって、三十歳だっけ？」

「はい」

「壊れちゃいそうなぐらいにギンギンよ。十代の男の子みたい」

ということは、彼女は十代のペニスを握ったことがあるというのか。まあ、仮に経験があるとしても、それこそ若いときの話なのだろう。

（モテそうだもな、京香さん）

それこそ十代の頃から人気者で、男子の取り巻きがいたのではないか。そんなことを考えて、和志は軽い嫉妬を覚えた。

（いや、京香さんは人妻なんだぞ）

自分の恋人や妻に関してなら、過去の男関係にやきもきするのは自然である。だが、どうしてお隣の奥さんが、かつてどんな男と交友を持ったのかを気にしなければならないのか。

そこまで彼女に惹かれているのだと悟って、胸が苦しくなる。一夜の戯れのはずが、本気になってしまったらしい。

もっとも、京香のほうはそこまでではなさそうである。

「こんなに硬いオチンチン、久しぶりだわ」

淫蕩《いんとう》な面差しでつぶやき、そそり立つモノを軽やかにしごく。すぐにでも秘芯に迎え入れたそうだ。

「ねえ、挿れたい？」

彼女が訊ねる。自分から求めるのは恥ずかしいから、年下の男にせがまれてという体《てい》を取りたいのではないか。

そう解釈して、和志は「はい」とうなずいた。すると、

「まだダメよ」

予想外のことを告げられ、面喰らう。おまけに、京香が素速く身を起こしたのだ。

「わたしもお返しをしてあげるわ」

握った屹立《きつりつ》を上向きにさせ、その真上に顔を伏せる。何をするつもりなのか理解したとき、敏感な頭部が温かな淵にすっぽりと呑み込まれた。

「ああ、あ、ちょっと」

目のくらむ快感を与えられつつも、和志は焦った。自身も性器を洗っていないのを思い出したのだ。

「だ、駄目です。そこ、汚れてます」

腰をよじって訴えると、口がいったんはずされる。冷たい視線を向けられたものだから、和志は息を呑んだ。

「わたしのくさいオマンコをペロペロしたくせに、なに言ってるのよ」

禁断の四文字を口にされて絶句する。お返しというのは気持ちよくするばかりでなく、辱めの意味もあるようだ。

「それに、飯野さんのオチンチン、とっても美味しいわ」

などと、こちらが居たたまれなくなるようなことを言い、再びペニスを咥《くわ》える。棹《さお》の半ばまで唇の内側に迎え、舌をねっとりと絡みつかせた。

「うあ、あ、ううう」

ヌルヌルと動かされ、くすぐったさを極限まで高めた悦びを味わう。

感触としては、ヘビやナメクジといった気色の悪い喩《たと》えしか浮かばない。けれど、たまらなく気持ちよかった。すぐにでも昇りつめそうで、肛門を引き絞って耐えねばならないほどに。

舌先がくびれの段差をねちっこくくすぐる。最も匂いや汚れのあるところを、本当に味わっているのだ。申し訳なくてたまらない一方で、ゾクゾクする愉悦《ゆえつ》も高まっていた。

「ふう」

京香が顔を上げる。唾液に濡れた陽根は赤みを増し、鈍い光を放っていた。すべての味と匂いがこそげ落とされ、ピカピカにされたのだ。

しかし、それで終わりではなかった。

「脚を開いて」

言われるままに膝を大きく離したのは、痺れるような快感で頭がボーッとなっていたせいだ。何をするつもりなのかと、考える余裕もなかった。

そのため、脚のあいだに膝をついた彼女がうずくまり、ペニスではないところに口をつけたのに驚かされる。

「きょ、京香さん」

呼びかけにも応ずることなく、舌がチロチロと這い回った。縮れ毛にまみれた、牡の急所に。

（そんなところまで舐めるなんて――）

風俗に行った経験のない和志は、そういうマニアックなプレイとは無縁だった。フエラチオは元妻もしてくれたが、陰嚢は手で触れただけであった。

京香は夫との営みでも、同じことをしているのだろうか。快《こころよ》いとわかってしているのだとすれば、初めてではあるまい。

事実、

「キンタマも気持ちいいでしょ」

と、またもはしたない言葉遣いで翻弄《ほんろう》してきた。

「いや、だけど――」

汚れているのにと言いかけて、口ごもる。どうせまた、さっきと同じ逆襲を喰らうだけなのだ。

しかしながら、腿と玉袋の境界部分、最も蒸れて匂いも強いところにまで舌を這わされて、さすがに罪悪感を覚えた。

(ああ、そんなところまで)

そのくせ、腰の裏がムズムズして、小躍りした分身が透明な粘液を滴らせるのだ。

「ねえ、膝を抱えて」

命じられて、和志は察した。彼女がいよいよ本格的な玉しゃぶりをするつもりなのだと。もしかしたら、アヌスまで舐められるかもしれない。

そうとわかりながらも、掲げた両膝の裏に手を入れて、ぐいと引き寄せる。心の底では、恥ずかしい愛撫を望んでいるというのか。

「ふうん。やっぱり男のひとって、おしりの穴にも毛が生えてるのね」

感心した口振りで言われ、顔が熱く火照《ほて》る。その部分に息がかかりそうなほど、顔を近づけているのがわかった。

(いや、京香さんだって)

胸の内で反論する。さっきはそっちまで確認しなかったが、秘毛がかなり濃かったのだ。彼女のほうも、アヌス周りに生えていてもおかしくない。

(ていうか、本当に肛門まで舐めるつもりなのか?)

毛が生えているという指摘は、その予告かもしれない。

大のあとはトイレの洗浄器を使っているから、付着物はないはず。だが、匂いがないとは断言できない。放屁した残り香が、消えずにいる可能性だってある。

期待と不安がせめぎ合う中、陰嚢をチュッと吸われた。

「うう」

さっきも舐められたのに、恥ずかしいポーズを取っているためか、やけに感じてしまう。たまらず尻の穴を引き絞ったほどに。

続いて、さっき以上にねちっこくねぶられる。尻が浮きあがって舐めやすくなったからか、袋ごと口に入れて転がされ、モグモグと甘噛《あまが》みまでされた。

それはフェラチオとは異なり、ジワジワとくる快楽責めであった。

「うあ、あ、あ、ああ」

和志は頭のネジがはずれたみたいに喘ぎ、総身を震わせるばかりだった。

急所に温かな唾液をたっぷりと塗り込められ、鼠蹊《そけい》部が甘く痺れる。下腹から幾度も浮きあがる秘茎が、粘っこい先走りを多量にこぼしているのが、いちいち見なくてもわかった。

（京香さん、おれのチンポがどうなっているのか、見てるんだよな）

玉しゃぶりをしながら、肉根が脈打つのを観察しているに違いない。滴《したた》ったカウパー腺液が、下腹とのあいだに糸を引いているところも。

恥ずかしさと快感に翻弄される和志は、明日からどんな顔をして彼女と挨拶をすればいいのかと、淫らな状況にはそぐわないことを気にかけていた。それでいて膝を抱えたまま、股間まる出しのみっともない姿勢をキープしていたのである。

歓喜にまみれた陰嚢が持ちあがり、睾丸が下腹にめり込みそうだ。ハァハァと息づかいを荒くしていると、人妻の舌が陰嚢の真下、会陰の縫い目をくすぐった。

（え、まさか――）

続いて、毛の生えた排泄口をペロリと舐められる。

「うああ」

和志は体躯《たいく》をガクガクと揺すり、とうとう膝を放した。あやしい悦びがからだの中心を貫き、それ以上されたらどうかなってしまいそうだったのだ。

「あら、そんなに気持ちよかったの？」

両脚を投げ出し、ゼイゼイと喉を鳴らす年下の男に、京香があきれた眼差《まなざ》しを向ける。もっと舐めたかったのにと言いたげに、唇を艶っぽく舐めた。

「も、もう、けっこうです」

荒ぶる呼吸の下からどうにか訴えると、彼女は目を細めて身を起こした。

「じゃあ、しましょ」

かたちの良いおっぱいをぷるんとはずませ、人妻が腰に跨《また》がってくる。肉槍《にくやり》を逆手で握って上向きにし、先汁でテカテカになった亀頭を自身の底部に導いた。

「さっきよりもガチガチじゃない。こんなにお汁も出しちゃって」

京香が淫蕩に頬を緩め、悪戯《いたずら》っぽく睨んでくる。

「キンタマをおしゃぶりされたのが、そんなによかったの？」

品のない言葉遣いに、頭がクラクラする。これがお隣の優しい奥さんの、本当の姿なのだろうか。

だが、そんなことより、今は一刻も早くひとつになりたかった。

分身をせがむように脈打たせると、彼女もこちらの心情を察したらしい。無言でうなずき、そそり立たせたものの真上に体重をかけた。

（ああ、いよいよ）

穂先がめり込んだ女芯は、熱く潤っていた。これならすんなりと入るに違いない。

「す、するわよ」

声を震わせた熟れ妻が、上半身をすっと下げた。

ぬぬぬ――。

予想した通り、強《こわ》ばりは抵抗なく蜜穴を侵略した。

「おおっ」

和志はのけ反り、歓喜の声をほとばしらせた。

彼女の内部は、入り口で感じた以上に熱かった。しかも、ねっとりした媚肉がまといつき、心地よく圧迫してくれるのだ。股間に重みをかけるヒップの、肉々しい柔らかさもたまらない。

「あん、入っちゃった」

京香も面差しを蕩けさせる。潤んだ目で和志を見おろし、女らしいボディを色っぽくくねらせた。

「あ――ああっ」

締めつけが強まり、和志はもがいた。早くも終末が近づいてきたのである。

「ちょ、ちょっと待ってください」

焦って手をのばし、むっちりした太腿を叩いて制する。関節技を極《き》められて、即座にギブアップするみたいに。

「え、どうしたの？」

京香がきょとんとして訊ねる。

「あの──」

挿れたばかりで果てそうだなんて、さすがにみっともない。さりとて、他に適当な理由も浮かばず困っていると、

「ひょっとして、イッちゃいそうなの？」

ストレートな問いを投げかけられる。やはりお見通しだったようだ。

「はい……すみません」

情けなさにまみれて謝ると、彼女が嬉しそうに口許をほころばせた。

「わたしのオマンコが、そんなに気持ちいいの？」

またも卑猥な単語を告げられ、どぎまぎする。

「それは──は、はい」

「だったら、出していいわ」

「え？」

「オチンチン、こんなに硬いんだもの。一回出したぐらいで終わりじゃないでしょ」

物欲しげに腰をくねらせ、期待に満ちた眼差しを向けてくる。何回もしてちょうだいと、赤らんだ美貌が求めていた。

「も、もちろんです」

こんな素敵な女性を相手にして、一度の射精で終わらせるなんて勿体ない。次の機会があるかどうかわからないのだし、腰が使いものにならなくなるまで、人妻を責め苛みたい気分だった。

「じゃあ、とりあえずイッて、スッキリしてちょうだい」

京香は両膝を立て、しゃがむ姿勢になった。前屈みになって和志の胸に手をつき、たわわな尻を上下に振り立てる。

「あ、あ、あ、あん。感じる」

屹立を濡れ穴で磨くがごとく、激しい逆ピストンを繰り出した。

「うあ、あ、ううう」

和志も呻《うめ》き、頭を左右に振った。膣《ちつ》内のヒダが敏感な器官をぬちぬちとこすり、しかも絶え間なく締めつけてくれるのだ。

(これが本当のセックスなのか!)

過去の行為で得られた快感など、比べものにならない。あまりによすぎて、全身が熱せられたバターみたいに溶ける気がした。

　パツ、パツ、ぢゅぷ——。

　叩きつけられる股間と、交わる性器がたてる卑猥なサウンドにも、神経を蕩かされるよう。股間を起点に広がった愉悦の波が、時間をかけることなく手足の先にまで伝わった。

「ああ、あ、もう出ます」

　限界を迎え、和志は腰を揺すった。こすられるペニスが歓喜に痺れ、爆発へのカウントダウンを始める。

「いいわよ。イッて」

　腰づかいを休めずに、京香が射精を許可する。

(あれ、中に出していいのか?)

　和志は心配になった。妊娠は大丈夫なのだろうか。

　しかし、そもそも危険日であれば、ナマで挿入させまい。彼女はいい大人であり、しかも人妻だ。自ら危ない橋を渡らないはず。

　おそらく安全日なのだと決めつけ、快楽の奔流に身を捧げる。

「うう、あ、い、いく」

頭の中に白い靄がかかった次の瞬間、熱い滾《たぎ》りが肉根の中心を駆けあがった。全身がバラバラになりそうな快感を伴って。

「おおお」

目がくらみ、野太い声を洩らす。

「あん、出てるぅ」

体奥に広がる温かさを感じても、京香は腰振りを中断しなかった。射精しながら甘美な摩擦を受けることで、強烈な悦びが生じる。

(これ、すごすぎる……)

気持ちよすぎて、頭が馬鹿になりそうだ。

間もなくオルガスムスの波は引いたものの、からだのあちこちはビクッ、ビクッと痙攣し続けた。倦怠《けんたい》を伴う余韻も長引き、和志はベッドに手足を投げ出して、胸を大きく上下させた。

「気持ちよかった?」

ようやく腰を落ち着けた京香が訊ねる。声を出す元気はなく、和志は小さくうなずくので精一杯だった。

彼女の中で、分身が力を失いつつあるのがわかる。ザーメンがかなり出たのは明らかで、また勃起するだろうかと一抹の不安を覚えた。

「けっこう汗をかいたわ。ねえ、シャワーを浴びない？」

その提案には和志も賛成だった。精力を再充填《じゅうてん》するためにも、少しインターバルを置いたほうがいい。

「よいしょ」

京香がそろそろと尻を浮かせる。秘茎が女芯からはずれ、陰毛の上にくてっと横たわった。

そこに、膣内からこぼれた白濁液が滴り落ちる。

「ふふ、いっぱい出したのね」

年上の女の媚笑に、和志は今さら恥ずかしくなって肩をすぼめた。

4

ふたりは素っ裸のまま寝室を出て、バスルームへ向かった。

もともと団地だった社宅は、住んでいたのも家族世帯が多かったためか、そこはわりあいに広めである。浴槽はふたりだとさすがに窮屈でも、ひとりならゆったりつかれるし、洗い場もスペースに余裕があった。

しかも綺麗にリフォームされており、清潔感があった。

京香が先にシャワーを浴び、汗をざっと流してから和志と交代する。ボディソープを肌に塗りたくり、年下の男の背後からいきなり抱きついた。

「きょ、京香さん」

驚いて振り返ると、艶っぽく細まった目が見つめてくる。

「こうやって洗いっこするのもいいものでしょ」

ヌメってすべる肌をこすりつけ、手であちこちを撫でる。背中でひしゃげるおっぱいの柔らかさと、乳首のくにくにした感触が、凶悪的に快い。

(うう、よすぎる)

和志がシャワーを止めると、股間を両手で揉み撫でられる。それも、サオとタマの両方を。

「あ、あ、あ」

堪えきれずにこぼれた声が、バスルームにこだまする。射精して間もない粘膜はまだ敏感で、くすぐったい快さに膝がガクガクと震えた。

「気持ちいい？」

問いかけが温かな息を伴って耳に吹きかかる。それも官能的な気分を高めてくれるよう。

「は、はい」

「みたいね。オチンチン、もうふくらんできてるわよ」

その部分に血液が流れ込むのを、和志も自覚していた。こんなに早く復活するなんてと、我が事ながら信じられなかった。もう十代の、性欲真っ盛りの頃とは違うのである。

つまり、それだけ隣の奥さんに心を奪われているということだ。

しなやかな指の愛撫で、牡の部分が臨戦状態となる。陰嚢も優しくモミモミされることで、反り返ったイチモツが下腹にへばりついた。

「また硬くなっちゃった」

嬉しそうに言って、京香がシャワーノズルを手に取る。和志のからだについたボディソープを流し、特にペニスを丁寧に清めた。

「ううう」

洗われているだけなのに、目がくらむほどに感じてしまう。赤く膨張した亀頭は鈴口を大きく開き、そこに透明な雫《しずく》が丸く盛りあがった。

　彼女は自身の泡も流し、陰部にも水流を当ててしっかり洗った。舐められてもいいように、匂いと汚れを落としたのだろう。

　それから、いいことを思いついたという顔を向けてくる。

「ねえ、ここでしてみない？」

「え？」

「わたし、お風呂場でしてみたかったのよ」

　こちらの了承を待つことなく、京香は浴槽の縁を両手で摑み、もっちりヒップを突き出すポーズを取った。バックから挿入させるつもりらしい。

　もっとも、彼女が欲したのは、それだけではなかった。

「ねえ、さっきみたいにいっぱい舐めて、オマンコを濡らしてちょうだい」

　ベッドではあんなに拒んだクンニリングスを、自ら求める。洗ってないから抵抗があっただけで、舐められるのはもともと好きなのかもしれない。

　ならばと、和志は人妻の真後ろに膝をついた。

　目の高さになった熟れ尻は、今にも突進してきそうな迫力がある。ぱっくりと割れた中心は、濡れた恥毛が女芯に張りつき、ぽたぽたと雫を垂らしていた。

（あ――）

和志は発見した。谷底にひそむアヌスの周りに、短い毛が十本近く萌《も》えているのを。

（やっぱり京香さんだって、おしりの穴に毛が生えているんじゃないか）

さっき指摘されたのを思い出し、ようやく溜飲が下がった気がする。本人に教えてあげたくなったが、そこまでする必要はないだろう。

それに、今は目の前の、魅惑の苑《その》を味わいたかった。

厚みのある尻肉を左右にくつろげ、重なっていた花びらが離れるほどに開く。赤みを帯びた粘膜が覗いたところに、和志は吸いついた。

「あひッ」

京香が鋭い声を洩らす。たわわなヒップが、ガクンと数センチ落ちた。

洗ったばかりのそこは、当然ながらボディソープの香りしかしない。もの足りなかったが、とにかく濡らさなければと舌を躍らせた。

「ふはっ、ハッ、あああ」

艶声が大きくなり、バスルームにわんわんと反響する。敏感な秘核を狙えば、わななきが下半身全体に広がった。

「そ、そこいいッ」

もっとしてとばかりに、いっそう尻を突き出す熟女。和志はのけ反って、尻餅をつきそうになった。

(よし、だったら)

さっき、さんざん弄《もてあそ》ばれたお返しに辱めてあげよう。同じことをすれば、彼女も文句は言えまい。

和志は舌を移動させ、もうひとつの秘穴——アヌスをねぶった。

「え?」

京香が身を堅くする。わざと舐めたのか、それともたまたま舌が触れただけなのか、決めかねている様子だ。

前者であることを知らせるべく、和志はキュッと閉じたツボミを舌先でほじった。すると、女らしい腰回りがなまめかしくくねる。

「そこ、おしりの穴よ」

言われなくてもわかっている。そう告げるかのごとく、放射状のシワの中心をチロチロと舐めくすぐっていると、

「いい子ね。そんなところまで舐めてくれるなんて」

歓迎する口振りに(あれ?)となった。

(てことは、最初からこうしてほしかったのか?)

和志のそこを舐めたのも、自分がされたかったからだというのか。辱めを与えるつもりが、望みを叶えたことになる。

それでもいいかと、アナル奉仕を続ける。激しくよがることはなかったものの、京香は切なげに喘ぎ続けた。

(おしりの穴が、けっこう感じるみたいだな)

夫にも舐めてもらっているのかなと考え、それはなさそうだなと思う。安倉氏はいかにも実直なサラリーマンという印象で、妻の肛門に嬉々として舌を這わせる姿は想像できなかった。京香のほうも、夫にしてほしいと言えないのではないか。

だからこそ、年下の男がしてくれるように、誘導したと推察される。

「も、もういいわ」

言われて、和志はアヌスから舌をはずした。秘毛に隠れがちな淫芯を確認し、驚いて目を瞠《みは》る。薄白い愛液が、今にも滴りそうに溢れていたのだ。

(こんなに濡れてたのか!)

あたかもボディブローのごとく、快さがからだの芯に響いていたらしい。

「ねえ、挿れて」

人妻が尻を振っておねだりする。ここまでになれば、挿入を欲しがるのも当然だ。

「わかりました」

和志はすぐさま立ちあがり、反り返る分身を前に傾けた。逆ハート型のヒップの切れ込みに亀頭をもぐらせ、切っ先で濡れ割れを探る。

「ああん」

ヌルヌルとこすっただけで、京香は甘い声をあげた。ふっくらした臀部もキュッと収縮して、筋肉の浅いへこみをこしらえる。

（今度はすぐに出すんじゃないぞ）

自らに言い聞かせ、剛棒をそろそろと押し込む。狭い入り口が広げられ、径の太いところをぬるんと通過すれば、あとは根元までスムーズだった。

「はああっ」

のけ反った熟女の白い背中で、肩甲骨が浮きあがる。迎え入れたモノを、すぼまった蜜穴がキツく締めあげた。

（うう、入った）

うっとりする悦びが広がり、和志は天井を見あげて喘いだ。

見慣れたはずのバスルームが、見知らぬ空間のようだ。行ったことはないが、風俗店の中はこんな感じなのだろうか。

和志自身、こういう場所でコトに及ぶのは初めてだ。そのせいで新鮮な景色に映るのかもしれない。

「ねえ、動いて」

求められ、腰を前後に振る。ヒップの切れ込みに見え隠れするイチモツを眺めれば、たちまち白い濁りがまといつきだした。

（うう、いやらしい）

そこからぬるい淫臭がたち昇ってくる。わずかに青くさい。さっき中出しした精液が、まだ残っていたのだろうか。

「ああ、あ、いいの、もっとぉ」

よがり声に煽られて、抽送《ちゅうそう》がスピードアップする。逞《たくま》しい男根で抉《えぐ》られる女芯が、グチュグチュと猥雑な音を洩らした。

「気持ちいいです、京香さんのオマンコ」

彼女を真似て禁断の俗称を口にすれば、「ば、バカ」と叱られる。

「そんな恥ずかしいこと、い、言わないで」

自分はよくても、他人から言われるのは恥ずかしいと見える。

だったらと、パンパンと音が立つほどに下腹をぶつければ、「おぅおぅ」と唸りに似た喘ぎ声が聞こえた。

「それ、よすぎるぅ」

激しく攻められるのがお気に入りのようだ。騎乗位でも、京香は勢いよく尻を上げ下げしていたのである。

バスルームに男と女の匂いが充満する。肉擦れとよがり声も色を添え、淫らな空間と成り果てる。

「あ、あ、ダメ、イッちゃう」

極まった声を上げた人妻を、和志は一心に貫いた。まだ余裕があったのだ。

「イクイクイク、あ、ああっ、はあああああっ！」

歓喜の声を耳にしながら、次はどんな体位でしようかと、和志は密かに考えていた。

第二章　寝取らせてあげる

1

「こんな華《はな》のないプランで消費者が食いつくと思うのか？　もっと真剣に考えろ！」

部長に叱責され、和志は「すみません」と頭を下げた。背中に同僚たちの醒めた視線を感じながら。

離婚以来、仕事への情熱も意欲も減退したのは事実である。それでも、このままじゃいけないと、気持ちを切り替えて頑張ろうと決心した矢先の出来事であった。

（いいことは続かないものなんだな……）

突き返された計画書を手に自席へ戻った和志は、周囲に悟られぬようため息をついた。自身が至らないのは事実でも、何もみんなの前であんなに叱らなくてもと、上司への不満を募らせる。

部長の岡元公康《おかもときみやす》は四十五歳。やり手であり、出世頭であった。そのぶん、部下にも多くを求め、成果の挙がらない者には容赦なく雷《かみなり》を落とした。

和志は前職での実績を買われて引き抜かれたのであり、入社当初は部長に叱られたことなんてなかったのである。むしろ一目置かれていたし、いずれ立場が逆転するのではないかと、岡元が戦々恐々としていたのも窺えた。

だからこそ、力を発揮できなくなった部下を、ここぞとばかりに責めているのではないか。二度と地位を脅かされないよう牽制するために。

どうにか見返してやりたいが、まだ本調子ではない。それでも、なにクソと和志が発奮できたのは、社宅の人妻のおかげであった。

(京香さんがあそこまでしてくれたんだ。頑張らなくっちゃ)

美味しい料理をこしらえてくれたばかりか、肉体も与えてくれたのである。それも、料理以上に極上のボディを。

浴室で彼女を絶頂させたあと、ふたりは濡れたからだのままベッドに戻り、三回戦に挑んだ。今度は正常位で、濃厚なくちづけをしながら交わった。

(すごくよかったな、京香さんとのセックス……)

あれは一昨日のことだ。思い出すだけで、股間がじんわりと熱を帯びる。ほぼ同時に昇りつめ、彼女の中に二度目とは思えない量のザーメンを放ったときには、大袈裟でなく天国に至った心地がした。

おかげで、昨夜も甘美な記憶に勃起を余儀なくされ、オナニーに耽ったのである。人妻に身も心も慰められ、和志はしっかりしなくちゃと決意を新たにした。沈んでいたって何も始まらない。離婚のこともさっさと忘れて、前に進むべきだ。世の中には、元妻以上に素敵な女性が、ごまんといるのだから。

けれど、落ち込んでいたブランクは、そう簡単には取り戻せない。今しがた部長に突き返された計画書も、起死回生のつもりで作り上げたものだったのに。

もっとも、あんなに強い口調で責められるほど、悪くないと思うのだが。

「元気を出してくださいね」

囁くような声にハッとする。そっと隣を見れば、同僚の和島奈央《わじまなお》が心配そうな面差しをこちらに向けていた。

「うん……ありがと」

小声で礼を返すと、彼女が愛らしい微笑で答えてくれる。

奈央は入社五年目の二十七歳。最近人気の若手女優に顔立ちが似ていることもあって、部署を問わず男性社員の人気が高かった。プロポーションもなかなかのようで、会社支給の地味な制服をまとっていても華がある。

ただ、見た目だけに惹かれて声をかけようものなら、痛い目に遭う。彼女は聡明で、仕事も抜群にできるのだ。生半可な気持ちで言い寄り、結果やり込められた男が、かなりの数いると聞いた。

この会社に来て最初の頃、和志は奈央と組んで仕事をした。アイディアが豊富で頭の回転が速く、この子は間違いなく出世すると確信したものだ。

彼女に関する大っぴらにできない噂を小耳に挟んだのは、それから間もなくのことである。

「あ、そう言えば、今夜の飲み会って参加されますよね」

訊ねられ、和志は首をかしげた。

「え、飲み会？」

「部署の有志が集まっての懇親会です。このあいだ案内が回ったと思うんですけど」

言われて、そんなのがあったなと思い出す。しかし、絶賛落ち込み中だったこともあって、出席しようとは思わなかった。いくらか回復した今も、その気持ちに変わりはない。

「残念だけど――」

欠席するつもりだと伝えるより早く、

「わたし、申し込んでおきましたから」

奈央に言われて、目が点になる。

「え？　いや、おれは」

「いろいろあって、そういう気分じゃないのはわかりますけど、たまには憂《う》さ晴らしをしたほうがいいですよ」

ニッコリ笑顔で諭されては断りづらい。それに、気持ちを切り替えて頑張ろうと決心したのである。

（和島さん、おれのことを気にかけてくれていたのか）

京香もそうだったし、思いやりのある女性が身のまわりにちゃんといるのだ。男として、彼女たちの優しさに報いるべきである。

（そうだな……みんなと飲めば、気分転換になるかもしれないし）

しっかり立ち直るためにも、同僚たちとの交流は大切だ。仲間内での評価も下がりっぱなしだったし、ちゃんと謝罪して、これからは前のようにバリバリやると、みんなにも伝える必要がある。懇親会は、いい機会になるだろう。

そう考えて、和志は定刻で仕事を終えると、懇親会の会場である居酒屋に向かったのである。

そこは会社からほど近い、繁華街の中にあった。集まったのは十名ほどで、若手が中心だったにもかかわらず、意外なことに岡元部長がいた。誰かが気を遣って声をかけたのか。

「なんだ、仕事はさっぱりなのに、飲むのは一人前なんだな」

和志の顔を見るなり、彼が厭味《いやみ》を言う。おかげで気分が急降下し、やっぱり来るべきじゃなかったのかと後悔した。

通されたのは広めの個室で、掘り炬燵《ごたつ》式だから楽に坐れる。上座に陣取った部長から一番遠いところに、和志は腰を落ち着けた。また何か言われたら、さっさと帰宅するつもりで。

「ここ、いいですか」

そう言って隣に坐ったのは、奈央だった。

「あ、うん」

和志はうなずいたものの、内心ではまずいと焦っていた。きっと部長が黙っていまいと思ったのだ。

彼女に関する噂、それは、岡元部長と男女の関係にあるというものだ。岡元には奥さんと、就学前の娘もいる。つまり、奈央は不倫相手だ。愛人じゃないかとも囁かれていた。

だから彼の目の前で、奈央と隣同士という状況は避けたかった。

さりとて、そんな理由を口にして離れてもらうのは難しい。そもそも噂なのだし、真実のほどは定かではない。和志自身、半信半疑というところだ。

岡元が奈央を買っているのは事実である。仕事ができるから、当然と言えば当然なのだが、贔屓《ひいき》しすぎではないかと思える場面もあった。たとえば、他の社員の担当を、お前には無理だろうと決めつけて彼女に回したり、仕事での成果があれば、みんなの前で大袈裟に褒め称えたりした。

普通、そういうことをされれば、贔屓される側も反感を買うもの。ところが、奈央は明るくて誰にでも好かれる性格だったし、部長に重用されることを鼻かけることもなかった。むしろ、仕事を奪われた社員を気遣い、成果についても皆さんの協力があってこそだと謙遜するなど、若いのに殊勝《しゅしょう》な心掛けであった。

そのため、部長が陰口を叩かれても、彼女自身はむしろ株を上げていたのである。

ふたりの関係について、絶対にあり得ないと断言する者が少なくなかったのもそのためだ。

（でも、実際のところ、どうなんだろ）

真偽は別にして、そうであってほしくないというのが、和志の偽らざる気持ちである。こんないい子が、あんな嫌なやつと寝ているなんて信じたくない。

「では、乾杯」

岡元の発声で宴会が始まる。仕事仲間の集まりだけに、気心は知れている。座はたちまち賑やかになった。

「さ、どうぞ」

奈央がビールを注いでくれて、和志は恐縮して受けた。

「どうも」

「ところで、何かいいことでもあったんですか？」

出し抜けの質問に、和志はコップに口をつけたまま、目を白黒させた。

「――いいことって？」

どうにか訊《き》き返すと、彼女が愛らしく小首をかしげる。

「ほら、ご家庭の事情があって、飯野さん、ずっと暗かったじゃないですか。仕事に臨む姿勢も後ろ向きでしたし」

事実そのものを告げられて、耳が痛い。もっとも、離婚という言葉を口にしなかったのは、奈央なりの思いやりだったようだ。

「だけど、昨日はなんだか明るく見えたんですよね。仕事にも前向きに取り組んでいたみたいですし、なんて言うか、意欲みたいものが感じられたんです」

なんて鋭いのかと、和志は舌を巻いた。

気持ちを新たに頑張ろうと決意したのは確かながら、周囲にアピールしたつもりはない。行動にも目立った変化はなかったであろう。

なのに、隣の席にいただけで、前日までとの違いがわかったというのか。

「まあ、このままじゃいけないとは思っていたからね。あったことをいつまでも引きずっていたって、何も好転しないんだし」

あくまでも自発的な心掛けであると伝える。隣の人妻に性的なサービスをされて元気が出たなんて、話せるはずがなかった。

「そうですよね。飯野さんはもともと仕事のできる方なんですから、実力を発揮しないともったいないですよ」

奈央が明るく励ましてくれる。女性の力添えがあったなどと、少しも疑っていないようで安心した。

「あと、今日提出した計画書も、部長はあんなふうに言ってましたけど、わたしはよくできてたと思いますよ」

「え、見たの？」

「飯野さんが席をはずしたときに、チラッと」

打ち明けてから、彼女が「すみません」と謝る。

「いや、べつにいいんだけど。本当によかったと思う？」

「はい。もう少し練らなくちゃいけないところは二、三ありましたけど、全体としては申し分ないと感じました」

おべんちゃらを言う子ではないし、何より仕事に関しては信頼できる。和志は大いに勇気づけられた。嬉しくて、目頭が熱くなる。

「ありがとう。和島さんにそう言ってもらえると、おれも心強いよ」

「ていうか――」

奈央が覗き込むようにして顔を接近させたものだから、和志はドキッとした。キスでもされるのかと思ったのだ。

「部長は飯野さんを煙たがってるんですよ。そのうち立場が逆転しちゃうかもしれないって」

囁き声とともに、かぐわしい吐息が顔にふわっとかかる。激しくなった心臓の鼓動を、彼女に聞かれるのではないかと心配になった。

「いや、さすがに逆転なんてことは」

「仕事の能力と実績を見れば明らかですよ。飯野さんのほうが、部長よりもずっと上です」

奈央がきっぱりと断言する。和志とて自負するところはあったものの、他の人間から称賛されるほうがずっと嬉しい。まして彼女は、年下でも優秀な同僚なのだ。

そのとき、奈央の肩越しに岡元部長の顔が見えてギョッとする。彼がこちらを憎々しげに睨んでいたのだ。

まるで、《おれの女にちょっかいを出すんじゃねえ》と凄むみたいに。

(やっぱり、部長と和島さんはそういう関係だったのか)

確信して背すじが寒くなったところで、奈央が怪訝《けげん》な面持ちを見せる。

「え、どうかしたんですか？」

和志の表情に怯えが浮かんだのがわかったらしい。

「いや……部長がすごい顔をして、こっちを睨んでるんだけど」

「そうなんですか？」

彼女は振り返って確認することなく、和志と向き合ったままである。岡元と目が合ったら気まずいからではなく、どんな様子なのかわかりきっているふうだ。

現に、少しも動揺していない。

「まあ、部長のことなんてどうでもいいから、わたしたちはわたしたちで楽しく飲みませんか?」

朗らかな提案に、和志もそうだなという心づもりになる。ここは会社ではないのだし、いちいち上司の顔色を窺うなんて馬鹿らしい。

たとえ、本当に岡元と奈央が、愛人関係だとしても。

(おれは人妻の京香さんとセックスしたんだ。部長の愛人と仲良くするぐらい、どうってことないのさ)

などと、妙なところと関連づけて自信を抱く。

開き直ったことで会話がはずみ、間もなく周囲の面々も加わって、久しぶりに同僚たちと心置きなく語らうことができた。和志が元気になったことを、みんな心から喜んでくれた。

(今日は参加してよかったな……)

明日からは仕事のほうも、もっと楽しくやれそうだ。

　そんな和志たちを、岡元だけは不機嫌をあらわに睨みつけていた。

2

　懇親会が終わって外に出ると、二次会に向かう面々がどの店にしようかと相談を始める。

「和島さんはどうする？」

　幹事役に声をかけられた奈央は、

「わたしはこれで失礼します」

と答えた。それが聞こえたらしく、

「じゃあ、私が――」

　岡元が彼女に向かって手を上げた。送ると言いたかったのだろう。

　ところが、奈央はそれを無視して、和志の腕を取った。

「飯野さん、送っていただけますか？」

　愛らしい笑顔でお願いされては、断るなんてできない。それに、もともと一次会で帰るつもりだったのだ。

「ああ、うん。いいけど」

「よかった。それじゃあ皆さん、お疲れ様でした」

明るく手を振るオフィスのマドンナに、みんなも「お疲れ」と手を振り返す。ただひとり、鬼の形相の岡元部長を除いて。

「部長も、もちろん二次会に行くんですよね」

「ああ、いや」

「今夜は徹底的に飲みましょう」

そんなやりとりを背中に聞きながら、ふたりは夜の街を歩きだした。

「部長ってば、すごい顔してましたね」

奈央がクスクスと笑いながら言う。けっこう飲んだから頬が赤い。それが色っぽくもチャーミングだ。

「だけど、だいじょうぶなの？」

つい気になって訊ねると、彼女が「え、何がですか？」と問い返してくる。

「いや、部長のこと」

答えてから、しまったと口をつぐむ。これでは、ふたりの関係を知っていると認めたにも等しいではないか。不用意な発言だったと後悔したものの、奈央のほうはあっけらかんとしたものだった。

「飯野さんも知ってるんですね。わたしと岡元部長の噂」

特に気分を害したふうでもなく言ってのける。

「いや、それは――」

和志は戸惑いつつも、だったら確かめてやれという気になった。しこたま飲んだから、アルコールの力で大胆になっていた。

「実際のところどうなの？　部長との関係は」

ストレートに訊ねると、奈央は思わせぶりに「ふふっ」と笑った。

「教えてあげてもいいですけど、その代わり、もう一軒付き合ってもらえますか？」

「え、帰るんじゃなかったの？」

「まだ飲み足りないですから」

そうすると、最初から他の面々と離れて、ふたりで飲むつもりだったのか。

会社でも励ましてくれたし、飲み会に出席して、みんなと話す機会も作ってくれた。ずっと落ち込んでいたバツイチの同僚を元気づけるために、最後までとことん付き合う気でいたらしい。

（本当に優しい子なんだな）

彼女のためにも頑張らなければと思う。

「わかった。一軒でも二軒でも付き合うよ」

「そうこなくっちゃ」

嬉しそうに白い歯をこぼした奈央に、和志は大いにときめいた。年上の人妻に魅了されたあとだが、二十代の女子も溌剌《はつらつ》としていいものだと、改めて思う。

(部長が夢中になるのも当然かも)

奥さんがいてもかまわず手を出したくなる岡元の気持ちが、理解できた気がした。

「それじゃ、こっちです」

奈央に先導され、狭い通りに入る。彼女が行きつけの飲み屋でもあるのだろうか。

目の前を歩く年下の同僚は、会社では地味な制服だった。今はオーバーサイズっぽい薄手のニットと、七分丈の白いパンツ。シンプルながら女性らしい装いである。

そのため、普段の印象とは異なる魅力を感じていたのは間違いない。

(同い年ぐらいだったら、付き合いたくなったかも)

年下とは言っても、わずか三歳違いだ。恋人や夫婦でそのぐらいの年齢差は、ごく普通である。

なのに、今ひとつ積極的になれなかったのは、やはり岡元部長との関係が引っかかっていたからだ。それがなければ、是非とも親しい間柄になりたいと願うだろう。せつかく独身に戻ったのだし。

もっとも、彼女のほうが、バツイチ男を受け入れてくれるかどうかはわからない。

ニットの裾からチラチラと覗くヒップは、意外にボリュームがある。ぴっちりと張りついた布に、下着のラインも見て取れた。

(いいおしりをしてるんだな)

つい下品なことを考えてしまう。

奈央は身長も高いほうだし、プロポーションがなかなかなのはわかっていた。けれど、下半身の充実具合に注目したことはこれまでなかった。会社の制服はスカートだが、ミニ丈でもタイトでもなく、どちらかと言えば野暮ったいほうなのだ。

それに、私服の彼女と交流するのは、おそらくこれが初めてであったから。

(ていうか、どこまで行くんだ？)

いつの間にか、飲食店など見えないエリアに入っていた。前方を眺めても、それらしき看板は影もかたちもない。

あるいは、隠れ家のような穴場なのか。そんなことを考えていると、

「こっちよ」

振り返った奈央に腕を摑まれる。そのままより狭い道に入って少し進むと、目の前に自動ドアが現れた。どうやら目的地に到着したらしい。

（ここ、店なのか？）

ガラスの向こうは、ホテルのエントランスのようでもある。そうすると、ラウンジで飲むのだろうか。

しかし、そうではないことに、中に入ってから気がつく。

（ここ、ラブホテルじゃないか！）

ひと気のない、どこか余所余所《よそよそ》しいロビーに、各部屋を紹介するパネルが飾られている。和志がかつて利用したところも、こんな感じだった。

動揺する年上の男にはかまわず、奈央はさっさと部屋を選び、エレベータに乗り込んだ。少しも迷いがなく、何度も利用していることが窺える。

（てことは、ここで岡元部長と――）

会社からも近いし、普段からこのホテルで密会しているのだろうか。

「ほら、早く」

呼ばれて我に返る。

エレベータから顔を出し、急かすように手招きをする彼女は、とても年下とは思えない。事実、言葉遣いもいつの間にか対等なものに変化していた。

それをおかしいと思うことなく、和志は急いでエレベータに向かった。

奈央が選んだ部屋は、普通のビジネスホテルっぽい、シンプルな内装であった。ただ、ベッドはダブルサイズよりも大きめだし、ヘッドボードに様々なスイッチが並んでいる。そして、バスルームとの境の壁も磨りガラスがはめ込まれ、上半分は透明であった。

消臭剤でも消せない、男女の行為が染みついた空間。これから自分たちも、それをすることになるのか。

「先にシャワー浴びるでしょ」

言われて奈央を振り返るなり、心臓をバクンと音高く鳴らす。彼女はすでにニットを脱ぎ、水色のブラジャーのみの上半身を晒していた。

(和島さん、本当におれとセックスするつもりなのか)

『先に』と言ったから、すなわち次があるのだ。シャワーを浴びたあとにすることなんて、アレしかないではないか。

彼女は白いボトムも脱いで、上下とも下着のみの格好になった。

パンティはベージュピンクで、ブラとお揃いではない。元妻もそうだったが、パンティのほうがへたりやすいし、汚れるから枚数も必要なため、買い足すことで上下不揃いになってしまうのだ。

ここぞという場面では、女性たちは下着のチョイスに気を配るのだろう。けれど、普段の生活では、ブラとパンティが色違いでも気にしまい。

奈央も今日は出勤して、アフター5は懇親会の予定が入っていたのみ。こんなふうに男とホテルに入るなんて、想定していなかったに違いない。だから不揃いのインナーを着用していたのだ。

まあ、仮に最初からこうなるつもりだったとしても、彼女とは恋人同士ではない。特別な感情がなければ、洋服の内側まではこだわらないのではないか。

ただ、いかにも普段そのままというインナーに、和志は日常的なエロスを感じた。年下の同僚の下着姿に、否応なく劣情を高めていたのである。

奈央は背中を向けてブラもパンティもさっさと脱ぎ、たちまち全裸になった。やはり男に見せるための下着ではなかったのだ。

「じゃあ、脱いだらすぐに来てね」

言い置いて、彼女はバスルームに入った。丸々としてかたちの良いおしりを、これ見よがしにぷりぷりとはずませて。

（……ていうか、和島さんは、どうしておれとする気になったんだろう）

今さら不思議に思えてくる。離婚して仕事の意欲をなくしていたのを、気にかけてくれたのは確かながら、それがこういう展開に結びついたとは思えない。また、実は好きだったなんて、安っぽい恋愛ドラマじみた都合のいい展開でもなさそうだ。

さっぱりわからないまま、着ているものを脱いで全裸になる。理由は何であれ、奈央に欲望を募らせていたのは事実である。抱かせてくれるというのなら、こんなにラッキーなことはない。

降って湧いた幸運を、何の疑いもなく受け入れられたのは、京香とのことがあったからだ。お隣の奥さんとも愛を交わしたのだし、同僚女子とそういうことになっても不思議ではない。

バスルームに入ると、頭にビニールの安っぽいシャワーキャップを被った奈央が、シャボンをまとった肌を手で清めていた。

（ああ、もったいない）

和志は残念がった。一日働いたあとの素敵な匂いが消えてしまったと。

とは言え、改めて目にしたオールヌードに、情欲がふくれあがる。このあとの行為を期待してふくらみかけていたペニスに、多量の血液が殺到した。

「こっちに来て」

呼ばれて、足を進める。

彼女はシャワーヘッドを手にすると、和志のからだを流してくれた。手のひらで肌を撫でながら。

(この子も男に尽くすタイプなのかな)

岡元部長も、こんなふうに洗われたのか。若い部下に奉仕され、鼻の下をだらしなく伸ばして。

そんなことを考えてげんなりし、分身が力を失いかけたとき、

「あうっ」

まさにその部分を、しなやかな指で捉えられた。

「もう大きくなってたのね」

奈央が頬を緩め、目を細める。鼻柱に縦ジワができて、やけに艶っぽい。

(いつもの和島さんじゃないみたいだ……)

会社では明るくて聡明な、美貌と実力を兼ね備えた社員で通っている。こんな表情は、男とふたりっきりのときにしか見せないのであろう。

彼女はシャワーを止めると、和志の前に膝をついた。手にボディソープを取り、水

平まで持ちあがったペニスを泡立てて磨く。

「ああ、あ」

目のくらむ強烈な快美感に、膝が笑う。年下の同僚の目の前で、それはたちまち硬くそそり立った。

「ふふ、こんなに勃《た》っちゃった」

笑みをこぼした奈央が、唇を思わせぶりに舐める。逞しい牡のシンボルを味わいたいと言いたげに。

彼女は肉棹を清め終わると、真下のフクロを捧げ持った。手のひらで転がすようにしながら、優しく揉み洗いをする。

「むぅ」

そちらはくすぐったいような、うっとりする快さだ。そんなところまで綺麗にしてくれるなんてと、感謝と同時に罪悪感もこみ上げた。

献身的な指は、太腿の付け根の汗じみたところもこする。特に性感帯ではないはずなのに、痒《かゆ》いところを掻かれるような気持ちよさがあった。

「脚を開いて」

言われて、素直に従ったのは、もっと気持ちよくなりたかったからだ。ところが、指が玉袋を越え、尻のほうに接近したものだから大いに慌てる。

(え、まさか)

身構える間もなく、ヌメった指がアヌスをヌルヌルとこすった。

「あ、あ、あ」

和志は腰を震わせ、だらしのない声をバスルームに響かせた。

「ここも綺麗にしなくちゃダメなのよ」

子供を諭すような口振りで言われ、頬が熱くなる。いい年をして尻の穴まで清められ、単純に恥ずかしかったのだ。京香が舐めたのと異なり、性的なアプローチではなかったから尚さらに。

とは言え、快感を与える意図がなかったわけではないらしい。

「オチンチンがビクンビクンしてるわ。おしりの穴をいじられて気持ちいいの?」

奈央が含み笑いで言い、尻のミゾ全体に指を這わせる。普段ぴったりと閉じており、刺激慣れしていないため、かなりムズムズした。

おかげで、力を限界以上に漲らせた分身が、鈴割れから透明な汁を垂らす。

(ひょっとして、ここでセックスするつもりなのか?)

ねちっこい愛撫の意図を推測する。京香がバスルームでしてみたかったと告白したのも思い出した。

だが、奈央はあくまでも、男のからだを清めることが目的だったらしい。

「はい、おしまい」

手をはずして声をかけ、シャワーで泡を洗い流す。

「続きはベッドでね」

期待に満ちた眼差しを向けられ、和志は気圧《けお》されるように「うん」とうなずいた。

3

三人はゆったりと寝られそうなベッドの上で、ふたりは裸で抱き合い、くちづけを交わした。からだを洗ったあと、歯も磨かせられたから、奈央の吐息は清涼そのものだった。

(けっこう潔癖症なのかも)

もっとも、普段から身のまわりを消毒しまくるタイプではない。さっきの宴席でも和志にボディタッチをしていたし、ここに来るまでも普通に身を寄せ、腕も摑んできたのだ。要はベッドインの前に、からだを綺麗にしないと気が済まないのだろう。

だったら尚のこと、有りのままの匂いを嗅いでみたい。蒸れた陰部に顔を埋め、隅々まで舐め回したくなった。

密やかな願望を抱きつつ、貪るように舌を絡めあう。歯を磨いたあとでも、彼女の唾液はトロリとして甘かった。

「ふう」

唇が離れると、濡れた目が見つめてくる。間近で見る美貌は色っぽくも、どこかあどけなさがあった。年下だから当然か。

「気を悪くしてない？」

奈央の唐突な質問に、和志は「え？」となった。何のことなのか、まったくわからなかったのだ。

「わたし、男性とふたりだけになったら、敬語は使わないようにしているの。そういうのって他人行儀でイヤなのよ」

そのことかと、和志はすぐさま納得した。なんとなく彼女らしいとも思えた。

「それじゃあ、岡も――」

質問しかけて、まずいと口を閉じる。部長とのときも同じようにタメ口なのかと気になったのだ。

「え、なに？」

怪訝な面持ちを見せた奈央であったが、すぐにわかったらしい。

「ああ、部長のときもそうなのかってことね」

「……ごめん」

謝ると、彼女が首を横に振る。

「ううん。気になるのは当然だもの。それに、部長とのことを教えるって約束したんだし」

気を悪くした様子がないので、和志は安心した。

「ところで飯野さんは、わたしと岡元部長について、どんな噂を聞いてるの？」

「ええと、その、男女の関係にあるって」

「それから？」

「あの……和島さんが、部長の愛人だとも」

「なるほど」

奈央は特に表情を変えなかった。すでに他からも、そういう噂を聞いていたのではないか。

「愛人っていうのは嘘ね。それから、男女の関係にあるっていうのも正確じゃないわ」

「と言うと？」

「正しくは、関係があったってこと。あくまでも過去形だから。それに、エッチしたのも一回だけよ。まあ、会社でせがまれて、仕方なく手でしてあげたことが、二回ぐらいあったけど」

一度だけとは言え、やはり肉体を交わしたことがあったのだ。それに、会社内で性的なサービスもしたらしい。

「じゃあ、部長とはどういう関係なの？」

ストレートな質問に、彼女はきょとんとした顔を見せた。

「どういうって、上司と部下よ」

「いや、だけど」

「要するに、どうしてエッチしたのかってこと？」

「う、うん」

奈央が眉をひそめる。答えたくないのかと思えば、どう説明すべきか考えていたようだ。

「それは興味があったからよ。男としてっていうか、仕事上の先輩として」

その返答は、すんなりとは納得しづらいものであった。

「先輩としての興味？」

「部長って出世頭だし、仕事がかなりできるんだなって思ってたの。だから、関係を持てば、いろいろと教えてもらえるかなって」

「つまり、仕事のノウハウを学ぶために抱かれたの？」

「そういうこと。ま、結局は見込み違いだったわけだけど」

彼女が不満げに唇をへの字にする。どうやら期待はずれだったらしい。

「あれは、わたしが今の部署に入って二年目ぐらいかな。仕事を任されるようになって、早く認められたくて焦ってたの。それこそ、盗めるものは何でも盗んでやろうってぐらいの気持ちだったわ。手段なんか選んでいられないって」

「だから部長と寝たのか……」

「そう。ちょっと隙があるところを見せたら、すぐに向こうから誘ってきたわ」

奈央はふうとため息をつき、和志のペニスを握った。そこは話をするあいだに幾ぶん軟らかくなっていたものの、巧みにしごかれていきり立つ。

「ふふ、元気」

年下の美女が、淫蕩な笑みをこぼした。

「そ、それで、抱かれてみてどうだったの？」

快さに身をよじりつつ訊ねると、彼女の表情が曇る。

「部長って、セックスはガツガツしてるだけで、正直よくなかったわ。だけど、そんなことはどうでもいいの。わたしがほしかったのは一夜の快楽じゃなくて、仕事に関する情報や知見だったんだから。でも、関係を持ったあとで引き出そうとしたら、何にもなくてすっからかんだってわかったの」

「すっからかんって……」

「あとで知ったんだけど、部長が出世できたのは、ゴマすりとズルと悪だくみのおかげだったのよ。要は上司にゴマをすって、他の社員や部下のアイディアを自分のものにして、出世しそうな人間を罠にかけて蹴落としたってこと」

奈央は辛辣《しんらつ》であった。岡元の能力については、和志もあまり認めていなかったが、中途採用で一年ほどの付き合いだし、うち半年は元妻とのゴタゴタがあったから、そこまでは見抜けていなかったようだ。

「だから、一回で懲《こ》りて終わりにしようとしたんだけど、部長ってしつこいのよ。奥さんや子供がいるのに、本気でわたしのことを好きになったなんて、臆面もなく言ってきたわ。おまけに、お手当を出すから愛人になれとか」

噂の根源はそれらしい。

上司との不適切な関係について、奈央がぺらぺら喋るとは思えなかった。そうすると、ふたりの噂は岡元が自ら流したのではないか。みんなに知らせて外堀を埋めてから、本丸である彼女を攻略するつもりで。

「そう言えば、手でしてあげたっていうのは？」

「あんまりしつこいから、これっきりっていう意味で処理してあげたの。それでも諦めなかったから、二回目に手でしたときに証拠写真を撮って、これを奥さんに見せるって脅したら、ようやく引き下がったわ」

「そっか……そのわりに、さっきの懇親会のときとか、おれたちのほうを思いっきり睨んでたけど」

引き下がった人間がすることとは思えない。

「部長の中では、わたしはまだ自分の女ってことになってるんでしょ。放っておけばいいわ」

完全には諦めていないらしい。いい年をして未練たらたらなのか。

しかし、一度セックスをしただけで、そこまでの強い感情を持ち続けられるものだろうか。

「じゃあ、寝たのは一回こっきり？」

「そうよ」

「あとは手だけ」

「手だけって、お口でしてあげたと思ってるの？」

そんなふうに疑っていたわけではなかったから、和志は目を白黒させた。

「い、いや」

「わたし、洗ってないオチンチンなんか、おしゃぶりしたくないもの。手でしてあげたときだって、あとで何回も手を洗ったのよ」

やはり性的な戯れをするときは、自分も相手も身を清めねば気が済まない性格のようだ。もしも和志が洗っていない性器を嗅いだり舐めたりしたら、一発で嫌われたかもしれない。

すると、奈央が楽しげに目を細めた。

「だから、飯野さんのオチンチンなら、ちゃんと舐めてあげられるわよ」

そう言って、彼女がからだの位置を下げる。意図を察して、和志は仰向けになった。

「すごく硬いわ。このぐらいギンギンなら、おしゃぶりのし甲斐があるわね」

腰の脇に膝をついた奈央が、屹立を軽やかにしごく。手にしたものにうっとりした眼差しを注いでから、顔を真上におろした。

ペロ――。

張りつめた粘膜を舐められる。鈴口に丸く溜まっていたカウパー腺液が、舌とのあいだに粘っこい糸を繋いだ。

「あうっ」

鋭い快美が生じ、和志はたまらずのけ反った。

「うふ、美味しい」

つぶやくように言って、彼女が舌をくるくると回す。よく洗ったから、味なんてしないはずなのに。

紅潮した亀頭が、たちまち清涼な唾液で濡らされた。

(……そうか。和島さんがおれとこんなことをする気になったのは、仕事に関することを吸収するためなんだな)

肉体関係まで持てば、何か訊かれても邪険にはできない。年上の同僚から大いに学ぶため、奉仕しているのだ。

それ以外の感情――たとえば男として興味を持ったとか、奥さんと別れて気の毒だから慰めたいなんて気持ちも、ゼロではないのだろう。ただ、部長に抱かれたぐらいだから、やはり仕事への意欲が一番だと思われる。

もっとも、べつにここまでされなくても、和志は喜んで教えてあげるのだが。同じ会社に勤める謂《い》わば同志であり、一緒に高め合って成長していきたい。

とりあえず今は、快感を高め合うことにする。奈央が肉棒を口に入れたところで、和志は声をかけた。

「和島さん、おれの上に乗って、おしりをこっちに向けて」

シックスナインを求めていると、すぐに理解したようだ。

彼女は躊躇《ちゆうちよ》する素振りも見せず、言われたように動いた。強ばりを咥えたまま、からだの向きを変えて和志の胸を跨ぐ。もともと性的なことには奔放なようだ。

丸々としたヒップが目の前に迫る。深い谷が割れて全貌を晒した羞恥帯に、和志は目を瞠った。

(え、生えてないのか?)

いや、もともと毛があったらしき痕跡がポツポツとあるから、人工的に処理したのであろう。バスルームでは、あまり見たら失礼かと、そっちの方には視線を向けなかったのだ。

女性向けの健康食品も、会社では扱っている。開発段階でのアンケート調査を見たところ、VIOラインを無毛にする女性がけっこういるという結果が出ていた。奈央もそのひとりだったわけだ。

一昔前なら、パイパンなんて子供っぽいという印象しか持たれなかったであろう。しかし、価値観が変わった今は、

（なんか、いかにも仕事ができる女性って感じだよな）

そんなふうに思えるのである。

海外のドラマに出てくるお洒落なキャリアレディも、いかにもアソコをツルツルにしていそうだ。奈央の場合は、抱き合う前にからだの隅々まで洗っていたことを考えると、清潔感を大事にしているのかもしれない。

とは言え、淫らな眺めであるのもまた事実。ボディソープの甘い香りすら、なまめかしいものに感じられた。

毛がないと、女芯の佇まいがやけに生々しい。はみ出した花弁はもちろん、皮膚のくすみ具合もあからさまなために。ただ、谷間の小さなツボミ——アヌスだけは、愛らしさをアピールしていた。

そっちのほうから舐めたくなったのを我慢して、和志は縦長のハートに開いた淫華の中心に唇をつけた。

「ンふっ」

奈央が臀部をピクッと震わせ、鼻息をこぼす。けっこう敏感なようだ。

粘膜部分は、すでに潤っていた。舌を躍らせると、粘っこい露がどんどん溢れてくる。隣の人妻、京香に負けないぐらい多汁だ。

(和島さん、欲求不満だったのかな?)

本人が聞いたら気を悪くしそうなことを、チラッと考える。

付き合っている男はいないようだし、いくら仕事が第一とは言え、二十七歳という女として熟れ始める年頃。男を知った肉体が、何もせずにいられるとは思えない。

まあ、彼女ほどの女性なら、声をかけるだけで男はついてくるだろう。性的な奉仕をさせる相手には困るまい。

ならば、今は自分が徹底的に歓《よろこ》ばせてあげようと、しとどになった密園を丹念にねぶる。探索したところ、小陰唇と大陰唇のあいだのミゾを舌先でくすぐると、臀部がビクッ、ビクッと感電したみたいにわななないた。

(ここが感じるんだな)

尻のミゾと同じで、普段閉じているから敏感なのか。

和志は周辺からじっくりと攻めた。クリトリスを最後に取っておいたのは、焦《じ》らすためである。仕事のできる美女を、できればはしたなくよがらせたかった。

「んうぅ、うう」

肉根を頰張り、舌をねっとりと絡みつかせながら、奈央がやるせなさげに腰を揺らす。もっと気持ちいいところを舐めてと、無言でアピールしていた。

桃色の真珠は刺激を受けなくてもふくらみ、フードを脱いでツヤツヤした姿を現していた。すぐにでも舐められたくて、たまらないのだ。

(そろそろいいかな)

フンフンと切なげな鼻息が、陰嚢にせわしなく吹きかかる。さすがに可哀想になってきた。

満を持して、和志はクリトリスをチュッと吸った。

「ふはッ」

奈央がペニスを吐き出し、下半身をワナワナと震わせた。急角度で一気に上昇したと見える。

ならばと、今度は舌でぴちぴちとはじいてあげる。

「ああ、ああ、ああ、ああっ」

ひときわ大きな声が放たれる。左右にくねる尻をどうにか抱え込み、和志は一点集中で秘核を吸いねぶった。

それにより、爆発的な歓喜が押し寄せたようである。

「ダメダメダメ、い、イクっ、イッちゃうぅううう」

暴れていた女体がぎゅんと硬直する。艶肌に細かな痙攣を示したあと、力尽きたように重みをかけてきた。

(イッたんだ)

かなり早かったから、和志はあっ気にとられていた。焦らされていたものだから助走もなく、頂上まで駆けあがったらしい。それだけに落差も著しかったか、奈央は牡の股間に顔を埋めたまま動けず、ハァハァと荒い呼吸を繰り返した。

陰部が熱い息で蒸らされるのを感じつつ、和志は唾液と愛液に濡れた淫芯を見つめた。腫れぼったくふくらんだ花びらはいっそう開き、狭間に薄白い蜜を溜めている。かすかに見える膣口が収縮しているのは、絶頂の名残であろう。

いやらしすぎる眺めに、海綿体がいっそう充血する。ビクビクと打ち震える肉根は、彼女の頬に当たっているらしい。それでも起き上がる気配はない。

だったら今のうちにと、和志は頭をもたげた。もうひとつの秘め穴、秘肛を味わうために。

ところが、差しのべた舌でペロリと舐めた途端、

「キャッ」

奈央が悲鳴をあげ、和志の上から飛び退《の》いたのだ。

(え？)

いきなり視界が開けて戸惑う和志の目に、泣きそうな顔で睨んでくる年下の美女が映った。

「そ、そこはおしりの穴よ」

わかりきったことを言い、クスンと鼻をすする。さっきまで堂々と振る舞っていたのが嘘のように、しおらしい印象であった。

「あ、ごめん」

わざと舐めたとは言えない雰囲気で、とりあえず謝る。そんなにショックだったのだろうか。

(まあ、綺麗好きみたいだし、いくら洗ったあとでも、肛門は抵抗があるのかもな)

一瞬しか舐められなかったのは残念だが、叱られないだけマシかもしれない。と、モジモジしていた奈央が、思い切ったように口を開いた。

「あのね……わたし、クンニでイッたのって初めてなの」

「え、どうして？」

「だって、あんなに舐めてくれた男のひとなんて、これまでいなかったし」

そこまでしつこくしたつもりはなかったから、和志は本当かなと訝った。単に焦らされたせいで、イキやすくなったのではないか。

「そんなことないんじゃない？」

疑問を告げると、なぜだか彼女はムキになった。

「本当よ。特に最初の彼氏なんて――」

言いかけて、《しまった》というふうに口をつぐむ。

「え、最初の彼氏がどうしたの？」

和志は気になって訊ねた。奈央のほうも口に出した手前、誤魔化せなくなったようである。

「わたしのアソコがくさいって、舐めてくれなかったの……」

彼女が悔しげに顔を歪めたものだから、怒りがこみ上げる。もちろん、デリカシーのないことを言った男に腹が立ったのだ。

それがいつの話で、どんなやつだったのかもわからない。だが、男として最低の、ろくでもないやつに決まっている。

（和島さんがセックスの前にからだをよく洗うようになったのは、そいつのせいなんじゃないか?)

秘部の匂いを指摘されたことを気に病んで。またくさいなんて言われたくなかったのだろう。

「おれだったら舐めるよ」

我慢できなくて、和志はからだを起こして断言した。

「そもそも和島さんのアソコがくさいなんて思わないし、どんな匂いがしたって、喜んで舐めてあげるけど」

奈央は啞然となって口を半開きにしたあと、うろたえて視線をはずした。

「へ、ヘンタイ」

なじる口調は弱々しい。引かれるかもと心配したが、大丈夫なようだ。

「そんなことを言うんだったら、今度、会社でも舐めてもらうから。洗ってないアソコを」

本気とも冗談ともつかない顔で言われ、和志はすぐさま乗っかった。

「うん。喜んで」

「バカ」

彼女はぶつ真似をしたあと、縋《すが》るように抱きついてきた。押し倒されてベッドに転がり、熱い抱擁を交わす。さっきまで以上に、心が通い合った気がした。

ふたりの唇が重なる。舌も深く絡みあった。

奈央が下になり、正常位で結ばれるかたちになる。彼女の手があいだに入り込んで、そそり立つ秘茎を握った。

「……あん、すごい」

逞しい脈打ちを指で捉え、悩ましげに眉根を寄せる。

「おれ、和島さんがほしい」

思いを真っ直ぐ伝えると、奈央が小さくうなずいた。

「うん……いいよ」

大きく開かれた脚のあいだに腰を入れる。頼まずとも、彼女は手にした肉の槍を導いてくれた。

「こ、ここ」

穂先を濡れ苑にこすりつけ、しっかりと馴染ませる。

「挿《い》れるよ」

告げると指がはずされ、奈央は和志の二の腕に摑まった。

「来て」

その返答を合図に、腰をゆっくり沈ませる。

入り口は狭かった。たっぷり濡れていたのに、無理をすると傷つけそうな感じすらあった。

和志は押しては緩めるを繰り返し、関門を徐々に圧し広げた。

「あ、あ」

焦った声が洩れ、美貌が眉間のシワを深くする。少しずつ進んだ亀頭の裾野が、間もなく狭まりを乗り越えた。

「あふン」

奈央がのけ反り、裸身をヒクヒクと波打たせた。あとは緊張が解けたようになり、挿入が楽になる。

残り部分を、和志は彼女の中へもぐり込ませた。

（入った……）

締めつけられる心地よさと、ひとつになれた喜びが、豊かな心持ちにしてくれる。

離婚して人生のどん底を味わった気でいたが、隣の人妻に美しい同僚と、立て続けに親密な間柄になれたのだ。

（ようやく運が向いてきたのかも）

幸運の女神は、本当にいる気がした。

「ふう」

奈央が息をつく。陶酔の面持ちで和志を見あげ、照れくさそうにほほ笑んだ。

「……しちゃったね、わたしたち」

長く付き合った恋人同士が、ようやく結ばれたかのような台詞。ときめきが抑えきれない。

（和島さんって、こんな可愛かったのか）

オフィスでは隣の席だし、一緒に仕事をしたこともある。そのときは妻と別れていなかったし、また、部長との噂を聞いていたこともあって、魅力こそ感じても異性として意識しなかった。

そう考えると、やっと結ばれたという感慨が湧いてくる。情愛も高まって、気がつけば彼女と唇を重ねていた。

「ンふ」

切なげに身をくねらせ、鼻息をこぼすのもいじらしい。舌を差し入れて口内を探索し、ツルツルした歯を辿ると、奈央はくすぐったそうに顔をしかめた。和志は目を開けて、焦点が合いづらいほど間近にある美貌を、ずっと観察していたのだ。

（本当に、会社でアソコを舐めさせてくれるんだろうか）

さっき言われたことを思い出し、期待で胸がふくらむ。

資料室の並ぶフロアなら、ひとの出入りは少ない。ふたりで資料探しをするという口実でそこへ行き、どこかの部屋の奥か、あるいはトイレを使えば、就業中の戯れは可能だろう。

などと、本当に彼女がＯＫするかどうかわからないのに、頭の中で社内淫行をシミュレートする。ただ、さすがにセックスまでは無理だろう。

だったら、今ここで存分に愉《たの》しもうと、和志はくちづけをしたまま腰を振った。かすかに蠢く濡れ窟を、せわしない抽送で抉る。

「ん、ん、んぅ」

口を塞がれたまま、奈央が呻く。もっと深くとせがむように、牡腰に両脚を絡みつかせた。

無言のリクエストに応じ、和志は真上から腰を叩きつけるようにして攻めたてた。ベッドが広く、クッションがかなり利いていたので、激しいピストンが可能だったのである。

「ふはっ」

息が続かなくなったか、奈央がくちづけをほどく。「ああ、ああっ」と嬌声を張りあげ、頭を左右に振って髪を乱した。

「き、気持ちいいっ」

すすり泣くような喘ぎ声に、征服欲が満たされる。もっとあられもない声を上げさせるべく、和志は全身に汗を滲《にじ》ませて、若い女体を責め苛んだ。

第三章　熟れ妻のおねだり

1

「本当に誰も来ない？」

不安げな面持ちの奈央に、和志は「だいじょうぶだよ」と答えた。いちおう声をひそめたのは、周囲が静まり返っていたため、声が響きがちだったからだ。

このフロアは、資料室や倉庫が並んでいる。株式会社モリモリの、創業以来の販売データや開発の記録、顧客や取引先に関するものなど、すべての情報や物品があった。

もちろん、情報はほとんど電子データになっているし、バックアップ用のサーバーもある。それでも、万が一のために紙でも残してあるのだ。会社で購入した書籍や物品の他、広告関係の図版や資料などは、ほとんどが現物だった。

よって、それらを調べるという名目で、資料室に入り浸ることができる。

和志は中途入社だから、この会社では奈央のほうが先輩になる。けれど、彼女は新社屋に移転してから、このフロアにはほとんど足を踏み入れていないという。必要なデータは、だいたいパソコン上で閲覧可能だからだ。

和志は入社してから、たびたびこのフロアに来て過去の資料を調べた。中途というハンデがあるぶん、会社のことを知る必要があったのである。

総務で借りたカードキーで、マーケティング関連の資料室に入る。スチール製の棚が整然と並び、それぞれが天井近くまであるため、明かりを点けても影になって薄暗い感じがある。

とは言え、棚はすべて埋まっているわけではない。新たな資料が入るぶんのスペースは充分に空いている。会社が今後も発展し続けるのを見越して。

奥に進むと閲覧用のテーブルがある。パイプ椅子も脇に立てかけてあった。だが、資料調べをするわけではないので、椅子は必要ない。

「ここならいいよね」

同意を求めると、奈央が小さくうなずく。表情が堅いのは、不安が完全には拭《ぬぐ》い切れていないからであろう。

なぜなら、これからふたりは、許されない行為に及ぼうとしているのだから。

もっとも、彼女は岡元部長とも、社内で淫らなことをしたという。ペニスをしごいて射精させただけらしいが、それだってバレたら処分は確実だ。

ただ、そのときは、相手が部長だったから安心できたのかもしれない。仮にバレても揉み消してもらえるだろうと。

奈央が緊張しているのは、シャワーを浴びていないからであろう。

「じゃあ、テーブルに手をついて、おしりを突き出して」

「え？」

彼女が驚きと不満をあらわにする。そんな恥ずかしい格好をさせるのかと、目がクレームを訴えていた。

それでも、渋々というふうに、言われたとおりのポーズを取る。ためらいはあっても、内心では期待しているのではないか。

和志は彼女の真後ろに膝をついた。紺色の地味なスカートのホックをはずし、ファスナーも下ろす。

「ああん」

まだ下着も見えていないうちから、奈央は身を震わせて嘆いた。

彼女は素脚だった。オフィスではベージュのストッキングを穿いていたはずだが、ここへ来る前にトイレで脱いだようである。伝線させられたくなかったのか。いや、そのほうがコトを進めやすいからかもしれない。

(だとしたら、その気になってるんだよな)

そもそもゆっくりできないのだ。和志はスカートを脱がせ、足元から抜いた。

穿いていたのは、わずかにイエローがかったパンティだ。裾がレースでアウターに響かないデザインは、大人の女性らしい淑やかさもある。

(いい匂いだ)

甘い香りが漂ってくる。洗剤の香料と、柔肌のかぐわしさが合わさった、妙にそそられるフレグランス。和志はそれを胸いっぱいに吸い込みながら、下穿きのゴムに指を引っ掛けた。

「脱がすよ」

声をかけても返事はない。拒まないから進めてもいいのだ。

桃の皮でも剝《む》くみたいに、和志は薄物を一気に引き下ろした。

ぷるん——。

艶やかな双丘が、はずむようにあらわになる。つい昨晩も目撃したばかりなのに、胸が震えるほどエロチックに映った。会社の制服姿で、下半身だけをまる出しにしているせいなのか。

パンティを爪先からはずすときに確認したところ、クロッチの裏地に透明なきらめきが付着していた。染み込んでいなかったから、粘性があるものと思われる。

（もう濡れてたのか）

やはり期待していたのだ。洗っていない秘部を舐められることを。もちろん和志も、心臓を壊れそうなほどに高鳴らせていた。

「脚を開いて」

震えがちな声で命じると、奈央がここに来て口を開く。

「……あの、イヤだったら、無理しないでね」

最初の男に言われたことを、まだ気にしているのだ。

それでも、こうして和志の提案に従ったのは、彼女自身にも過去を払拭したい気持ちがあるのではないか。それだけこちらを信頼しているわけである。

そのいじらしさに報いたくて、和志はあえて返事をしなかった。嫌だなんて思うはずがないからだ。

事実、さっきから漂っている芳香に、ずっと劣情を沸き立たせていたのである。

奈央が怖《お》ず怖《お》ずと膝を離す。テーブルに上半身をあずけると、尻の谷がぱっくりと割れ、秘め園が全貌を現した。

綺麗に処理された、無毛の女芯。はみ出した花弁は早くも開き、狭間に濡れた粘膜を見せつけていた。

和志は花に惹かれる蝶のように、彼女の中心に顔を寄せた。

最初に感じたのは、チーズかヨーグルトのような、発酵した乳製品のフレグランスだった。強めの酸味が食欲と性欲の両方をそそる、実に好ましいかぐわしさだ。

(なんて素敵な匂いなんだ)

京香の荒々しい秘臭にも、和志は大いに昂奮《こうふん》させられた。あれよりもケモノっぽさが薄く、少々もの足りなくはあるものの、これはこれでいいものだ。

(ていうか、これがくさいなんて、どんな馬鹿野郎だよ)

お前のチンポのほうがずっとくさいくせに、難クセをつけるんじゃない。和志は胸の内で毒づいた。

「ね、ねえ」

奈央の不安げな声で我に返る。

「やっぱりくさいんでしょ？　もう終わりにしましょ」

和志が何もしないから、悪臭に怯んでいると早合点したらしい。

「全然くさくないよ。ていうか、すごくいい匂いだ」

「う、ウソ」

「本当さ。おれ、感動してるんだ。毛がないのも可愛いし、匂いも素敵だから、もうたまらなくなってるんだよ」

称賛の言葉を真に受けられなかったのか、彼女は黙りこくった。ならばと、ふっくらした臀部に顔を埋める。

「キャッ」

悲鳴が聞こえたのもかまわず、恥割れに舌を差し入れた。

「あ、あ、あああっ」

軽く舐めただけで、奈央は鋭敏な反応を示した。こうされるのを待ち望んでいたものだから、感じ方も著しかったのか。昨日、焦らされたあとにねぶられて、たちまち絶頂したみたいに。

やはり洗ってないせいか、ラブジュースは昨夜よりも塩気があった。それも微々たる違いで、基本は無味に近い。心情的には甘露であった。

（ああ、美味しい）

味わうのはほどほどにして、和志は最初からクリトリスを攻めた。ふたりで資料探しをすると部長には言ってあるが、悠長に時間をかけるわけにはいかない。このまま頂上に導くつもりだった。

ところが、

「も、もうやめて」

奈央が言い、イヤイヤをするように尻を大きくくねらせる。和志は仕方なく彼女から離れた。

「どうしたの?」

訊ねると、ハァハァと息をはずませながら振り返る。

「ヘンになっちゃいそうだったんだもの」

つまり、イキそうだったのか。かなり強く拒まれたから、仕事中に昇りつめるのはさすがにまずいと考えたのかもしれない。

(まあ、とりあえず目的は果たしたんだし、しょうがないか)

続きはまた別の機会だなと思い、

「和島さんのアソコ、すごく美味しかったよ」

正直な感想を告げると、「バカ」と睨まれる。それでも、気にかけていたような悪い匂いはしなかったのだと、安心しているのがわかった。

(これからするときは、いちいちシャワーなんかしないで、ナマの匂いを嗅がせてくれそうだな)

期待に頬が緩みかけたとき、

「今度は、わたしにさせて」

奈央が身を起こし、艶っぽい目を向けてきた。

「え？」

「ほら、ここに立って」

交代して、和志がテーブルの脇に立つ。彼女とは逆に、尻をテーブルにつけるようにして。

下半身すっぽんぽんのまま、奈央が前に跪《ひざまず》く。甲斐甲斐しくベルトを弛め、ズボンの前を開いた。

分身はすでに勃起しており、ブリーフの前を大きく盛り上げている。頂上には、先走りのシミも浮かんでいた。

「もう大きくなってたのね」

嬉しそうに口許をほころばせた彼女が、早く見たいとばかりにブリーフを引き下げる。亀頭がゴムに引っかかり、勢いよく反り返った肉根が、下腹をぺちりと打ち鳴らした。

「あん、すごい」

惚《ほ》れ惚《ぼ》れしたふうにイチモツを見つめた奈央が、小鼻をふくらませる。悩ましげに眉根を寄せたのを、和志は見逃さなかった。

(まずい。おれのチンポも洗ってないんだ)

蒸れた牡の臭気を嗅がれたのである。

『わたしにさせて』と言ったから、フェラチオをするつもりなのだろう。けれど、自身の秘部を清めたのと同じく、これまではペニスも洗ったものしか口にしなかったのだ。部長のモノを手で処理したと告白したときも、

『洗ってないオチンチンなんか、おしゃぶりしたくないもの――』

彼女はそう言ったではないか。

不快に思われるに違いない。和志はどうしようと焦った。だが、洗っていない秘苑を嗅ぎ、口をつけたあとでは、拒んでも聞き入れられるとは思えない。

奈央は少しもためらわず、脈打つ秘茎に指を回した。

握られた感触から、筒肉がベタついているのがわかる。これはマジで嫌われるかも

しれない。危ぶんだものの、後ろにテーブルがあるから腰も引けなかった。

「やっぱりニオイがするのね……」

そそり立つモノに顔を寄せ、汚れや匂いが溜まりやすいくびれ付近で鼻を蠢かせた奈央がつぶやく。眉間のシワが深くなった。

(嫌ならやめていいいんだよ)

言われたことを本人にも告げようとしたとき、かたちの良い唇が丸く開く。反り返った秘茎を前に傾け、紅潮した穂先を迎え入れた。

「くううっ」

温かく濡れた中で、舌が動く。最初は遠慮がちに這い回っていたものが、ねっとりと巻きついた。チュパッと舌鼓《したつづみ》も打たれる。

(ああ、そんな)

罪悪感を覚えたのは、有りのままの味を知られてしまったからだ。同じことは京香にもされたが、奈央は年下で、しかも洗ってないペニスをしゃぶるのは初めてなのである。申し訳ない気持ちが強かった。

半分以上も口に入れて、唾液をたっぷりとまぶしてから、彼女が口をはずす。

「ふう」

堪能しきったみたいに息をつき、照れくさそうにほほ笑んだ。

「オチンチンって、洗ってないほうが美味しいのね」

言われて、ますます居たたまれない。いったい、どんな味がしたというのか。

唾液に濡れた強ばりをヌルヌルと摩擦し、奈央が色めいた眼差しで見あげてくる。

「ねえ、これ、挿《い》れて」

「え、ここで？」

「したくなっちゃったんだもの。ね、ちょっとだけでいいから」

もしかしたら、男の味を知って昂奮したのか。

この場で想定していた行為はクンニリングスで、余裕があれば手でしごいてもらいたいと、そのぐらいのつもりでいた。最後までできたらと望んだけれど、さすがに無理かと諦めたのである。こっちがよくても、奈央が拒むであろうと。

まさか、彼女のほうから求めるなんて。

奈央が立ちあがり、再びテーブルに手をつく。身を屈め、剝き身のヒップを大胆に差し出した。

「して」

短い要請にナマ唾《つば》を呑み、和志は反り返る分身を手に後ろから挑んだ。

淫華の中心を切っ先で探れば、熱い蜜が粘膜にまといつく。やはりフェラチオで昂り、しとどになったようである。

するのなら早く済ませなければと、和志は逸る気持ちのままに腰を送った。肉の槍が、狭い洞窟に難なく侵入する。

「あはぁっ」

奈央がのけ反り、丸いおしりをぷるぷると震わせた。根元まで迎え入れたところで、女膣がキュウッとすぼまる。

（うう、気持ちいい）

甘美な締めつけで鼻息が荒ぶる。じっくり味わう余裕もなく、気ぜわしいピストンを繰り出した。

ぢゅ……ぬちゃッ。

抉られる蜜芯が、卑猥な粘つきをこぼす。

「ああ、あ、いい、感じる」

彼女がハッハッと呼吸を乱し、身をよじって悦びを訴える。剛棒が出入りする真上で、アヌスがもっとしてとねだるみたいに収縮した。

（そこも舐めればよかったな）

昨日は即座に逃げられたものの、さっきの様子だと、今日は案外すんなりと受け入れたのではないか。

奈央は『ちょっとだけでいいから』と言ったものの、いったん始めてしまったら、ちょっとだけで済むわけがない。和志のほうも、射精するまで続けたくなった。

（その前に、和島さんをイカせてあげなくちゃ）

ぐっ、ぐっと、深くまで肉根を挿《さ》し入れると、

「そ、それいいっ」

彼女があられもなくよがった。

昨晩もラブホテルで交わり、二回戦をこなした。最初は和志が早々に昇りつめたために無理だったが、間を置いてのリベンジでは、年下の美女にアクメ声を上げさせることができたのである。

今も最高の悦びを与えるべく、腰づかいに工夫を凝らす。わずかに捻りを加えると、奈央が「あひッ」と鋭い声を発した。これはいいと、続けて突きまくる。

「あふ、あ、ああっ、あん」

静かだった資料室に、艶声が反響する。大切な物品を保存するため、部屋は頑丈な造りになっていた。外に聞こえる心配はない。

だからこそ、遠慮なく攻め続けたのである。

「あ、あ、イキそう」

いよいよ頂上を捉えた奈央が、テーブルをガシガシと引っ掻く。和志もかなりのところまで高まっていたが、ペースを落とすことなく抽送した。できれば一緒に昇りつめたいものの、

(中に出すんじゃないぞ)

自らに強く言い聞かせる。昨夜も一度目は外に出し、二度目は部屋にあったコンドームを使ったのだ。

たわわな臀部を両手で支え、パンパンと音が立つほどに下腹をぶつければ、彼女がオルガスムスを迎える。

「あああああ、イクッ、イクッ、くぅうううううっ！」

ガクッ、ガクンと、若いボディがはずむ。膣内の締めつけが強まり、和志は危ういところで抜去した。反り返った陽根を摑み、猛然としごく。

「むううう」

目のくらむ歓喜に包まれて呻き、濃厚な白濁を勢いよく放つ。それはすぐ前にある若尻に、不定形な模様を描いた。

「はあ、ハァ……」

奈央の気怠げな息づかいが、耳に遠かった。

後始末と身繕いを終えたところで、奈央と目が合う。さすがに照れくさくて、ふたりはぎこちなく笑みを交わした。

「早く戻らないと、また部長が不機嫌になるよ」

和志が言うと、彼女は「そうね」とうなずいた。

「わたしたちがオフィスを出るときも、すごい顔で睨んでたもの」

「え、そうだったの？」

「うん。気がつかなかった？」

奈央の恥ずかしい匂いが嗅げると有頂天になっていたから、正直、部長のことまで気が回らなかったのだ。

「そう言えば、部長ってけっこうお金があるみたいね」

「え、そうなの？」

「ほら、わたしを愛人にしたいって言ったときも、自宅とは別にマンションを借りてるから、そこに住まわせるって具体的な話も出してきたのよ」

「へえ」

「あと、いらないって断ったんだけど、わたしにブランド物のバッグとかをプレゼントしたがったし、食事も高級なお店ばかりだったわ」

管理職ゆえ、自分たちよりも貰っているのは間違いあるまい。だが、妻子もいるのに、そこまで自由になるお金があるのだろうか。

「ひょっとして、不正とかしてるのかも」

奈央は冗談めかして言ったものの、和志は（あり得るな）と思った。これは調べてみる価値がありそうだ。

「それじゃ、行こうか」

「ええ」

ふたりでオフィスに戻るあいだ、岡元部長の金銭事情について、和志は京香に調査を頼んでみようと考えた。経理課なら、何か摑めるかもしれない。

（本当に不正をしているのなら、是非とも暴いてやろう）

そんなやつは会社のためにならないから、すぐにでも追い出すべきだ。何よりも、無能な上司の下で働きたくなかったのである。

2

週末の土曜日、和志はスーパーマーケットへ行った。離婚して以来、家での食事はコンビニの弁当や惣菜がほとんどだったし、たまには自炊して野菜を摂らないと、栄養が偏るからだ。

とは言え、そう手の込んだものは作れない。材料を加えて炒めるだけのおかずの素を選び、野菜や卵、非常食のカップラーメンなどもカゴに入れてレジに並ぶ。お客の多い時間帯だったようで、長い列ができていた。

和志のすぐ前にいたのは、ラフな身なりの年配男性だった。なかなか番が回ってこず、苛《いら》ついているのが後ろ姿でもわかった。

(イライラしたって始まらないのに)

見苦しいと思うから、かえって自分は冷静でいられる。ひとの振り見て我が振り直せである。

そして、ようやく彼の番になったとき、

「まったく、いつまで待たせるんだ。ちんたらやってんじゃねえよ」

と、レジ打ちの女性に向かって暴言を吐いたのだ。

彼女は三十代の後半ぐらいだろうか、いかにも気弱げな風貌で、それまでもカゴを出したお客に、「お待たせして申し訳ありません」と、丁寧に頭を下げていた。なのに、キツい言われ方をして、かなり動揺したようだ。

「も、申し訳ありません」

もう一度謝罪して、急いで会計をしようとする。ところが、機械の調子が悪いのか、はたまたショックで手が震えたのか、なかなかバーコードが読み取れない。

おかげで、男の機嫌がますます悪くなる。

「早くしろよ、馬鹿が」

罵倒して、怒りを他の客にまで向け出した。

「だいたい、こんなに大挙してスーパーに来てるんじゃねえよ。時間をずらせばいいじゃねえか」

自分だけが真っ当で、他はみんな愚か者という、この手の輩にありがちな主張。さすがに和志もカチンときた。そのため、

「だったら、自分が時間をずらせばいいのに」

と、思わず声に出してしまったのである。

「何⁉」

男が振り返る。まともに目が合って、和志は（まずい）と焦った。腕っ節に自信はないし、絡まれたら厄介なことになる。

ところが、男はなぜだか怯んだふうに目を泳がせ、

「べ、べつに、あんたを責めたわけじゃない」

気まずさをあらわにし、独りごちるように言う。

（え、なんだ？）

和志は拍子抜けした。こっちは強面でもないのに、どうしてトーンダウンしたのだろう。

クレーマーは相手を見て凄むと言われている。女性や子供、年寄りなど、自分よりも弱いと見なした者を選んで難クセをつけるのだ。要は本人も弱い人間だから。

そのため、自分よりも若い和志に、恐れをなしたらしい。

男は会計が終わると、逃げるようにその場を離れた。和志は胸を撫で下ろし、会計台の上にカゴを置いた。

「あの……ありがとうございました」

レジの女性から礼を述べられ、「ああ、いえ」とかぶりを振る。たまたまうまく収

まっただけで、感謝されるほどのことではない。

(あれ?)

何気に彼女の顔を見て、和志は訝《いぶか》った。どこかで会っている気がしたのだ。

「え?」

彼女もこちらを真っ直ぐに見て、首をかしげる。同じように、初対面ではないと考えているようだ。

そして、胸に付けたプラスチックのネームプレートに「岡元」とあるのを見て、誰なのかが判明する。

「あ、岡元部長の――」

「じゃあ、主人の会社の?」

ふたりは同時にうなずいた。

あれは和志がモリモリに入って間もない頃、岡元部長の奥さんが、会社に忘れ物を届けに来たことがあった。あいにく部長は不在で、和志が対応したのである。だから面識があったのだ。

そのとき、スーツ姿の男がやって来る。

「岡元さん、だいじょうぶかい?　お客さんに絡まれたって聞いたけど」

どうやら店長らしい。他の従業員が呼んだのだろう。

「あ、はい、だいじょうぶです。こちらのお客様が対処してくださいましたので」

「そうだったんですか。この度はウチの従業員を助けていただき、大変ありがとうございました」

大袈裟に礼を述べられ、和志はかえって肩身が狭かった。本当に、大したことはしていないのだ。

「いえいえ、私は何も。ちょっと虫の居所が悪いお客さんだったようで、すぐに帰られましたから」

これ以上は勘弁してくださいという態度をあからさまにする。幸いにも店長は「そうですか」と引き下がってくれた。

「ああ、岡元さんは上がる時間だよね。ここは他のひとに任せて、もう帰りなさい。おーい、誰か」

呼びかけに、別の女性従業員がやって来る。部長の奥さんは彼女と交代し、和志に頭を下げながらレジを離れた。

そのあと、和志はようやく会計を済ませることができたのである。

外に出て少し歩いたところで、

「あの──」

背後から声をかけられる。振り返ると、岡元部長の奥さんだった。レジで着けていたエプロンと三角巾をはずし、ポロシャツにジーンズというラフな格好である。

そのため、いくらか若々しく見える。

「ああ、どうも」

「先ほどは、本当にありがとうございました」

改めてお礼を言われ、恐縮する。上司の奥さんにそこまでされるのは、正直心苦しかった。たとえ、岡元のことをまったく尊敬していなくても。

「困ったときはお互い様ですので。では、私はこれで」

その場を急いで立ち去ろうとしたものの、

「不躾《ぶしつけ》ですみませんが、この近くにお住まいなんですよね？」

唐突な問いかけに足が止まる。

「はい、そうですけど」

「あの……助けていただいた上に、こんなことをお願いするのは恐縮なんですが、わたしを家まで送っていただくわけにはまいりませんでしょうか？」

「は？」

「さっきのお客様が、どこかで待ち伏せしているような気がして」

怯えた面差しを目にして、そういうことかと納得する。逆恨みされたらどうしようと不安なのだ。和志とはいちおう面識があるし、夫の部下なら頼みやすいと考えたのではないか。

「わかりました。そういうことでしたら、お家までごいっしょします」

「ありがとうございます。助かります。あの、申し訳ありませんが、お名前は？」

「飯野です。飯野和志と申します」

「改めまして、わたし、岡元の家内の典子《のりこ》です」

ふたりは名乗りあい、並んで歩き出した。

（あれ？）

程なく、和志は妙だなと思った。

（部長の奥さんが、どうしてスーパーのレジ打ちをしてるんだ？）

もちろん家計を助けるためなのだろうが、妻にパートタイマーをさせねばならないほど給与が少ないのか。

（いや、そんな馬鹿な）

和志はモリモリに入社して、自分だけの収入で夫婦ふたり、充分にやっていけた。将来に備えて貯蓄もしていたし、いずれは家を買うつもりだった。

部長ならば、自分以上にもらっているはず。妻を働かせる必要はあるまい。もちろん、子供が大きくなったときのために貯蓄をしているとも考えられる。

しかし、奈央によると、岡元部長はかなり羽振りがいいそうだ。ならば、典子がスーパーで働く必要はない。

では、お金のためでなく、家にいるばかりでは退屈だから外に出ているのか。だとしたら、もっと他の仕事を選ぶだろう。レジでの様子を振り返っても、彼女は接客が得意そうではなかった。

（まさか、いずれ部長と別れるつもりで、こっそりお金を貯めているのか？）

会社での態度からして、家でも奥さんや子供を怒鳴っている気がする。そのため離婚を決意したというのが、最もあり得る話だ。

ただ、それなら和志が岡元の部下だとわかったとき、まずいと焦るであろう。夫にバレてはいけないからだ。

もしかしたら、家まで送ったあと、口止めをされるかもしれない。というか、そのために送ってほしいと頼んだ可能性がある。

きっとそうだなと結論づけたところで、典子の足が社宅に向かっていることに気がついた。

(え、まさか)

岡元部長も社宅住まいなのだろうか。けれど、もともと団地だったそこは部屋数が限られているため、管理職は入れないと聞いた。

単に方向が同じだけかなと思っていたら、本当に社宅の敷地に入ったので驚く。

「こっちです」

案内されたのは、和志が住んでいるところとは別の棟だった。部長は車通勤のはずで、出社時間も異なる。そのため、これまで遭遇しなかったらしい。

岡元家は、一階の角部屋だった。和志の棟も、そこが一番広い。そのため、子だくさんの社員が入居していた。

(部長のところは子供がひとりなのに、いい部屋を取ったんだな)

いったいどんな手を使ったのか。不正の匂いがぷんぷんする。

もっとも、妻である典子は、そんなことなど知らないようだ。「どうぞ」と和志を招き入れる。玄関まで送って帰るつもりだったが、何か摑めるかもしれないと思い直し、上がらせてもらうことにした。

入ってみれば、やはり中は和志のところよりも余裕があった。間取りはほぼ一緒でも、各部屋の広さと収納スペースに差がある。

「コーヒーを淹《い》れますので、こちらでお待ちください。あ、買ったものは、冷蔵庫にしまっておきますね」

お言葉に甘えてレジ袋を渡し、リビングのソファーに腰掛ける。

見回しても、室内に高級そうな家具調度はない。部下を愛人にしようと企《たくら》み、他に部屋を借りているわりに、贅沢とは無縁の暮らしをしているように映った。

（じゃあ、家にお金を入れないで、好きに使っているのか）

社宅に入ったのも家賃を節約して、少しでも自分の取り分を増やすためだとか。おまけに妻も働かせるなんて、夫としても父親としても最低だ。

ひとり腹を立てる和志の耳に、コーヒーメーカーが立てるコポコポという音が聞こえた。いい香りも漂ってくる。

しばらくして、典子がコーヒーを載せたお盆を手に現れた。隣に腰掛け、ソーサーに載ったカップを前のテーブルに置く。

「どうぞ」

「あ、すみません」

砂糖もミルクも使わず、和志はブラックで飲んだ。けっこういい豆なのか、そこらの喫茶店にも負けないぐらいに美味しい。

典子はミルクだけを少し入れ、カップに口をつけた。質素な身なりは、いかにも団地の奥さんという印象。かつて団地だった部屋にしっくり馴染んでいる。

「ところで、部長は？」

休日なのに不在の様子だ。どこかで遊びほうけているのか。いや、子供もいないようだし、家族サービスをしている可能性もある。

「出張だそうです。休日なのに、今日明日と泊まりがけで」

そんな話は聞いていなかったから、和志は思わず「え？」と訊き返した。上司の動向をすべて把握しているわけではなかったが、少なくとも休日に出張だなんて考えられない。

「違うんですか？」

典子の目に疑いの色が浮かぶ。彼女も怪しいと感じていたらしい。

「ああ、いえ。ええと、お子さんは？」

迂闊なことは言えないため、質問で話題を逸らす。

「わたしの実家であずかってもらっています。今日はパートの仕事が入っていたので」

「そうなんですか」

「あの——」

居住まいを正した人妻が、真剣な表情で迫ってきた。

「実は、飯野さんにウチへ来ていただいたのは、お伺いしたいことがあったからなんです。主人のことで」

「ご主人……部長の？」

「ええ。ずばり、女性関係について」

いきなりの核心を衝く質問に、和志は絶句した。

3

夫は浮気をしていると典子は言った。単なる臆測ではなく、確信に近いものを抱いているようである。そして、休日の出張も嘘であり、他の女と一緒にいると疑っていた。

(それって和島さんのことなのか？)

岡元と関係のあった女性で、和志が唯一知っているのは奈央だ。本人が言ったのだから間違いない。

けれど、ふたりはとっくに切れている。ヨリを戻すとも思えない。なぜなら、当分男と付き合う気はないと、奈央自身が断言したからである。

会社でセックスをした翌週、和志は彼女とふたりで飲み、そのあとラブホテルにも寄った。シャワーを浴びずに抱き合い、秘苑のかぐわしさも堪能した。

一戦終えたあと、和志は思い切って告白した。正式に付き合わないかと。肉体関係を持った責任を取るためではない。純粋にひとりの女性として惹かれたからである。

ところが、奈央の返事はノーであった。今は仕事第一で頑張りたいし、男に余計な時間を取られたくないからと。

ただ、身も心もリフレッシュさせるためにセックスは必要だから、こうして抱き合うぶんにはかまわないという。和志は仕事もできるし、学ぶところが大いにあるから、今後も友好なパートナーシップを続けたいと言った。

『だから、いつまでも仲良くしてね』

笑顔で握手を求められては、応じないわけにはいかない。こんな素敵な女性と抱き合えるだけでも御の字かと、同僚兼セフレという関係を受け入れた。

正直、彼女らしいなと感心もしたから、和志は失恋の痛手を味わわずに済んだ。それがつい先日の出来事である。

そんなことも思い出して、ちょっとモヤモヤする。奈央と恋人関係になれなかったことに、未練があるのだろうか。

ともあれ、

「飯野さんは主人に女がいることについて、何かご存知じゃないんですか？」

典子に詰め寄られ、和志はしどろもどろになった。

「ああ、いや」

過去の話とは言え、岡元が浮気をしたのは知っている。しかし、奈央のことを話すわけにはいかない。彼女に迷惑がかかってしまう。

「ていうか、どうして部長が浮気をしていると思うんですか？」

どこまで摑んでいるのかを探るべく質問すると、典子は悔しげに顔を歪めた。

「前科があるからです」

その言葉にドキッとする。やはり奈央の件なのだろうか。

「前科といいますと？」

「前に一度、興信所に調べさせたことがあるんです。決定的瞬間ではなかったんですけど、女といるところを写真に撮りました。本人に問い詰めたら、単なる知り合いだってしらばっくれましたけど」

「その写真、見せていただけますか」

「ええ」

別室に行った典子が、大きな茶封筒を手に戻ってくる。興信所らしき社名の入ったものだ。

「これです」

中から出された写真を見て、和志は驚愕した。もしも奈央が写っていたら否定しなければと思っていたのに、あまりに意外すぎる人物だったからである。

(これ……あいつじゃないか!)

繁華街らしき場所で、岡元部長が女と仲睦まじげに歩いている写真。確かに浮気の決定的証拠とは言えず、知り合いと飲んでいたと主張されればそれまでだろう。だが、ふたりは間違いなく男女の関係なのだと、和志は確信した。なぜなら、そこに写っていた女は、別れた妻だったのである。

(あいつ、昔の同僚だけじゃなくて、部長とも浮気していたのか!)

くだんの同僚とは結婚前も、そのあとも関係を続け、結果離婚したのだ。その男と元妻は一緒になるのだと思っていた。なのに、結局それっきりになったようで、和志は合点がいかなかった。

その理由について、前の会社の友人は、こんなことも言っていたのである。

『単なる噂だけど、飯野の奥さん、他にも男がいたらしいぞ』

どうやら元妻は、想像していた以上の肉食系だったようだ。

彼女が岡元とそういう関係になったきっかけも想像がつく。こっちに来て間もなく、社宅に入居した社員の歓迎会があった。団地の一棟を撤去した跡地の公園で、夫婦や家族も参加してのバーベキューパーティーが開かれたのだ。

そこには会社のお偉方も出席し、岡元部長もいた。彼も入居者だったわけだが、他の管理職たちの手前、あくまでも来賓という体でいたのだろう。

あの日、直属の上司ということで、和志は部長に妻を紹介したのである。

和志がその場を離れたあとも、ふたりは意気投合したみたいに談笑していた。上司と妻が仲良くなるのは、決して悪いことではない。彼女はこっちに来るのを渋っていたから、その不満が解消されるのではないかと安心すらしていたのだ。

なのに、まさか必要以上に親密な関係になるなんて。

元妻への怒りが再燃する。あんな女に愛の言葉を囁き、結婚までした自分は、世界一の大馬鹿者だ。自己嫌悪も半端ではなかった。

そのせいで、荒んだ心持ちになる。

「部長は、この女と浮気したはずです。間違いありません」

和志が断言すると、典子が身を乗り出した。

「ふたりの関係をご存知なんですか？」

「関係はともかく、この女は私の別れた妻ですから」

それだけで、彼女は事情を察したらしい。「そうだったんですか……」と、気の毒そうにうなずいた。

「他にも、部長が関係を持った女性がいたと聞いたことがあります。何でもそのひとに、愛人にしてやると持ちかけたとか」

奈央の名前を出さずに、不貞の事実のみを伝える。典子は悔しげに下唇を噛んだ。

「それから、休日に出張というのもあり得ませんから、部長は今日も女といるのかもしれません。相手が誰なのかはわかりませんけど」

「……まったく、なんてひとなの」

怒りに身を震わせる人妻に、和志は気になっていたことを訊ねた。

「ところで、どうしてスーパーでお仕事をされていたんですか？　部長の給与なら、奥さんがそこまでされる必要はない気がするんですけど」

「主人に言われたんです。不景気で手当が減額されて、給与も下がる一方だって。だから子供のためにも、少しでも働いて貯えておくようにと」

「え、部長がそんなことを？」

「この社宅に越してきたのも、前に住んでいたマンションよりも、家賃がずっと安いからなんです。不景気でどこも厳しいんだと思って、わたしは家事の合間を縫って協力してきたのに」

やはり岡元は、家に入れるぶんのお金をちょろまかしているようだ。

「いや、不景気なのは確かでも、ウチの会社の業績は右肩上がりですよ。手当が減額されたなんて話も、聞いたことがありません」

「だけど、お給料の明細には――」

典子が困惑をあらわにする。どうやら給与明細を偽装しているようだ。

(てことは、経理の人間が協力しているのか？)

部長本人に、そこまでの能力はあるまい。普段の仕事ぶりを見ていればわかる。

お隣の京香に、岡元部長のことを調べてほしいとお願いしてある。今日わかった件も伝えれば、何らかの情報が出てくるのではないか。

「じゃあ、あのひとはお給料を誤魔化して、女に貢いでいたのね」

すべてを理解したようで、典子の顔色が変わる。和志はまずいと焦った。

彼女が夫を責めたところで、そう簡単に認めるとは思えない。それどころか、悪事の証拠を隠滅される恐れがある。

「その件は、私のほうでも調べます。確たる証拠が出るまでは、部長に何も言わないでください」

「でも」

「決して悪いようにはしません。約束しますから」

幸いにも、典子は説得に応じてくれた。スーパーで助けられたこともあって、和志を信頼してくれたようだ。

それでも、憤慨はなかなか消えない。

「飯野さんの奥さんにまで手を出すなんて、まったくあのひとったら」

憎々しげに眉間のシワを深くする。自分はパートで苦労して、お客に怒鳴られもしたのに、好き勝手し放題の夫に愛想が尽きたと見える。呼び方も「主人」から「あのひと」に変化していた。

「飯野さんも、あのひとのせいで苦労なさったのね」

同情され、和志はかぶりを振った。

「まあ、妻が浮気した相手は、部長だけではありませんから。そういう意味では、部長と妻はお似合いとも言えますね」

自虐的なことを口にして、気持ちが沈む。転職し、新天地でバリバリやっていくつもりだったのに、まさか身内からも上司からも裏切られるなんて。

すると、典子がソファーに腰掛けたまま、にじり寄ってきた。

「お気の毒です。本当に――」

彼女の手が太腿に置かれ、すりすりと撫でられる。甘美なボディタッチに、こういう状況にもかかわらず、和志はうっとりしてしまった。

「いえ、奥さんのほうこそ」

憐れみの情を共有することで、心が惹かれ合う気がする。

スーパーで見たときは、いかにも気弱げな女性という印象だった。けれど、あれは苦手な接客をしていたためであり、実際は芯の強いひとなのかもしれない。今は濡れた目に、決意が宿っているのが窺えた。

そのせいか、やけにチャーミングに映る。年上の人妻という意味では京香と同じながら、彼女とは違った魅力があった。守ってあげたいけど守られたいという、相反する気持ちが同時に成り立つ。

そんなこちらの内心を、典子も察したのだろうか。

「あのひとが浮気をしたのなら、わたしにもする権利があると思いませんか?」

いきなり大胆なことを言われてうろたえる。同意していいものかどうか、和志は迷った。

「まあ、それは……ええ」

曖昧にうなずくと、彼女が意を決したように背筋をのばした。

「飯野さん、わたしと浮気してください」

ストレートすぎる依頼に、和志は啞然となった。

「――あの、浮気って」

ようやく言葉を絞り出すと、典子が何かに気がついたように「あっ」と声を洩らす。

「飯野さんは、今はおひとりなんですよね? だったら浮気にならないわ」

そういう問題じゃないと、声に出さずに突っ込む。

「奥様がいなければ、わたしとも気兼ねなくできますよね」

目の前の人妻が、いきなりポロシャツを脱ぐ。ベージュのブラジャーのみの上半身があらわになり、甘酸っぱい肌の香りが鼻先をふわっと掠めた。

(嘘だろ……)

和志は今度こそフリーズした。

4

和志が何も言わなかったものだから、典子はＯＫしたと早合点したのだろうか。尻を浮かせ、ジーンズまで艶腰から剝き下ろした。

「抱いてください」

下着姿の熟女が、真剣な面差しで告げる。和志はようやく現実感を取り戻した。

「い、いや、駄目ですよ」

とりあえず、倫理観にのっとった返答をしたのであるが、それも彼女に曲解されてしまう。

「やっぱり無理ですか……そうですよね、スーパーのレジ打ちをしてるようなオバサンじゃ。再来年には四十だし」

卑屈な物言いに、慌ててかぶりを振る。

「そういう意味じゃありません。奥さんはとっても魅力的です。そりゃ、おれだってできることなら——」

狼狽したものだから、本音がポロリと出てしまう。

夫に苦労させられているせいか、典子は贅肉とは無縁のボディだ。腹部もすっきりとへこみ、肋骨の下側がわずかに浮いている。それでいて、ブラジャーに包まれた乳房は豊満で、谷間におしりみたいな割れ目があった。

腰回りも女らしい丸みを帯び、ブラと同色のパンティが窮屈そうである。太腿のむっちり具合も凶悪的だ。

つまり、実にそそられるカラダをしていたのである。再来年四十路なら、今は三十八歳。女盛りと言ってもいい。

「わたしが魅力的？」

驚いたように目をパチパチさせた彼女が、次の瞬間艶っぽい笑みを浮かべる。年下の男に褒められて、女としての自信が湧いてきたふうだ。

「だったら、遠慮しないで」

再び手がこちらに差しのべられ、今度は胸元に触れる。乳首の在処《ありか》を探るみたいに指が動いたものだから、くすぐったくも官能的な心地よさを味わった。

それが下半身をも刺激して、秘茎がムクムクと膨張する。

「お、奥さん」

どうすればいいのかわからず声をかけると、

「典子って呼んで」

潤んだ目で求められ、脳天に甘美な落雷を受けた気がした。

（……ええい。このひとがおれを求めてるんだ）

夫に浮気され、尚かつ金銭面でも騙されていたと知り、彼女は傷ついているのである。同じ敵に立ち向かう同志として、支えてあげるべきだ。

加えて、和志は岡元部長に妻を寝取られたのである。だったら、自分にも彼の妻を寝取る権利がある。これは正当な復讐だ。

そこまで決意したら、あとは行動あるのみ。下着姿の熟女を、和志は思い切ってかき抱いた。

「あん」

典子はわずかに抗ったものの、すぐにおとなしくなる。重なった胸から、彼女のせわしない鼓動が伝わってきた。

（大胆なようだけど、典子さんも緊張してるんだ）

夫に尽くしてきた貞淑な人妻は、当然浮気など初めてなのだろう。自ら決めたことでも、冷静に振る舞えるはずがない。

ならば、少しでも安心させ、今だけでもすべてを忘れさせてあげたい。狂おしいまでの快感を与えることで。

「典子さん」

名前を呼び、背中を優しく撫でる。わずかに汗ばんだ肌はしっとりして、手のひらに吸いつくようだ。

「ああ」

感じ入った声が聞こえたのを合図に、ブラのホックを手探りではずす。

耳元に顔を寄せると、濃厚な女の匂いがした。スーパーの仕事で汗をかいた名残なのか。和志はうっとりして小鼻をふくらませた。

「くすぐったいわ……」

耳に息がかかったらしい。典子が身をもぞつかせる。

いったんからだを離すと、ふたりのあいだにあったブラジャーのカップが浮き、たわわなふくらみがこぼれた。

「あ――」

焦って隠そうとした手を払いのけ、ストラップを肩からはずす。これで上半身を隠すものはない。

重みでわずかに垂れた乳房は、乳暈が褐色に近く、突起も存在感があった。我が子に含ませた名残なのだろうか。

和志も同じことをしたかったが、赤ちゃんみたいだと言われそうな気がした。それはあとにして、まずは唇を奪う。

「ンぅ」

典子は最初から情熱的に吸ってきた。これを待っていたのだと言いたげに。舌も彼女のほうから与えてくれた。

(部長の愛情を、ずっともらっていなかったんだろうな)

家庭を犠牲にする男は、妻も蔑《ないがし》ろに扱っていたに違いない。他の女にかまけて、夜の営みはおろか、優しい言葉をかけることも、唇を交わすことすらしなかったのではないか。

縋るようなくちづけには、満たされなかった人妻の情念が溢れていた。

ピチャ……チュウ――。

口許からこぼれる音を聞いていると、頭がボーッとしてくる。口内を舐め回され、舌を弄《もてあそ》ばれることで、陶酔にひたったためだ。

だが、いくら年上が相手でも、受け身のままでいていいはずがない。和志はふたりのあいだに手を入れ、乳首をそっと摘まんだ。

「んふっ」

典子が鼻息をこぼし、身をくねらせる。それにもかまわずくにくにと圧迫すれば、くちづけがほどかれた。

「エッチねえ」

軽く睨まれて、胸が高鳴る。我慢できずに身を屈め、摘まんだほうとは反対の突起に吸いついた。

「ああん」

人妻が声を上げ、半裸のボディをわななかせる。

おっぱいの谷間から漂うのは、よりミルクっぽい体臭だ。それにも鼻を蠢かせ、硬くなってきた乳頭を舌ではじく。

「あ、ああっ」

典子が鋭い嬌声をほとばしらせた。

「もう……赤ちゃんみたいに」

やっぱり言われてしまった。けれど、悪い気はしない。むしろ甘えたくなるし、彼女だってこちらを蔑んでいるわけではないのだ。きっと照れ隠しなのだろう。

その証拠に、

「そ、そんなに吸ったら感じちゃう」

とうとう悦びを口にした。

感じさせるためにしているのだから、やめる道理はない。塩気と甘みの混在する乳首を、しつこくねぶり続ける。母乳が出ないかなと、密かに期待しながら。

「そんなに吸っても、おっぱいは出ないわよ」

こちらの意図を見透かしたみたいに、典子がなじる。さらに、牡の股間へと手をのばした。

「むうう」

ズボンの盛りあがりを撫でられ、和志は呻いた。布越しのタッチでも、身を震わせるほどに感じてしまう。淫らな状況に酔っていた証だ。

「あら、もう大きくなってたの」

典子が含み笑いで言う。そこはまだ六割ほどしか膨張していなかったのに、彼女の愛撫でたちまち力を漲《みなぎ》らせた。

「え、すごい」

著しい変化に、人妻がコクッと喉を鳴らす。欲望のテントを揉み撫で、内側で脈打つものの形状と大きさを確認しているらしい。

だが、やはり実物を確認しないことには始まらないと悟ったようだ。

「オチンチン、こんなにパンパンになっちゃって。すごく苦しそうよ」

年上らしく、思いやる口調で言う。

「わたしが楽にしてあげるわ」

肩をポンポンと叩かれて、和志は乳頭から口を離した。言われるまでもなく、疼く分身を柔らかな手で握ってほしかったのだ。

「ここに寝て」

ソファーに仰向けで寝そべると、典子がズボンに両手をかける。気が急いていたのか、中のブリーフごとまとめて引き下ろした。

ぶるん――。

ゴムに引っかかった牡のシンボルが、勢いよく反り返る。筋張った肉胴を人妻に見せつけて、さらにひと回りもふくらんだようだ。

「まあ、こんなに……」

年下のペニスに、熟女が濡れた眼差しを注ぐ。さすがに恥ずかしくて、和志は頬を熱く火照らせた。

「久しぶりだわ。こんなに元気そうなオチンチンって」

和志の脚を大きく開かせ、膝のあいだに正座して手をのばす。下腹にへばりついたものを起こし、漲り具合を確かめた。

「すごく硬いわ。若いっていいわね」

もう三十路だから、若いなんて羨ましがられる年ではない。とは言え、若くないと否定したら、八つ年上の彼女を年寄り扱いすることにもなりかねない。ここは黙って受け入れておく。

「奥さんと離婚したのって、いつ？」

「ええと、半年前です」

「そのあと、お付き合いをした女性は？」

「い、いません」

肉体だけの関係ならふたりいるが、そんなことをいちいち打ち明ける必要はない。

「どうりでオチンチンが硬いはずだわ。ずっと我慢してたのね」

この発言に、和志は（え？）となった。

（おれがずっと射精してなかったと思ってるのか？）

典子は三十八歳と、いい大人なのである。男が自らの手で欲望を放出することぐらい知っているはずだ。

もっとも、和志だって覚えたての頃は、オナニーをするのはせいぜい二十代の半ばまでだろうと思っていた。まして女性の立場なら、そういう行為を知っていても、するのは性欲の有り余る十代だけと考えても不思議ではない。

（典子さん、けっこう純情みたいだものな）

夫の言うことを素直に信じて、苦手そうなパートタイムの仕事までしていたのである。もしかしたら、他の男を知らないのかもしれない。

だったら尚のこと、裏切られたショックは大きいはず。

今の彼女は、夫の言いなりではいけないと、心を入れ替えた様子である。これからはやすやすと誤魔化されず、自己主張ができるようになるのではないか。

そのためにも、不正の証拠を摑まなければならない。

「じゃあ、お口でしてあげる」

典子が屹立の真上に顔を伏せる。純情そうなのに、閨房《けいぼう》のテクニックはひととおり身につけたのか。大胆さに驚きつつも、和志は少しも慌てなかった。

今日はお昼近くに起きて、シャワーを浴びたのである。昨夜は仕事で疲れて、すぐベッドに入ってしまったために。

よって、股間は綺麗だ。多少は蒸れていたとしても、不快な匂いはしないはず。

チュッ――。

先端にキスをされ、くすぐったい快さが生じる。唇からはみ出した舌が、粘膜をてろてろと這い回り、亀頭全体に唾液がまぶされた。

それから唇が丸く開き、屹立を真上から呑み込んでゆく。

「う、あ、ああ」

和志はのけ反り、堪えようもなく喘いだ。棹の半ばまで迎え入れたところで、ちゅぱッと舌鼓が打たれる。

(典子さんがおれのを――)

上司の奥さんにフェラチオをされているのだ。

正直、テクニックそのものは、京香や奈央に敵《かな》わない。ポイントを攻めることもせず、口に入れて吸い、味わうように舌を躍らせるのみである。

なのに、手足の先まで快さが行き渡る。典子に含まれているのは肉体のごく一部なのに、全身が彼女の中に吸い込まれ、しゃぶられているかのようだ。

(なんだこれ……よすぎる)

あるいは技巧を尽くさずとも、年上の余裕でここまで感じさせられるのか。和志のほうも、安心して身を任せられる心地がした。

「ああああ」

歓喜の声が放たれる。肉根を咥えたまま、典子が牡の急所を撫でたのだ。それも慈しむようにして。

和志は確信した。やはり熟女の優しさといたわりが、最上の快感を呼ぶのだと。

「の、典子さん、すごくいいです。たまんないです」

息をはずませて告げると、彼女が肉根を強く吸う。そんなこと、いちいち言わなくてもいいと咎めるみたいに。

それでいて、玉袋の指をあちこちに這わせる。腿との境の汗じみたところや、屹立の付け根の陰毛が濃いところを掻いてくれた。

性的な快感とは異なる気持ちよさが加わることで、和志はぐんぐん上昇した。

(うう、まずい)

爆発しそうになって身悶える。歯を食い縛《しば》って堪えたものの、その瞬間は否応なく近づいてきた。

「そんなにされたら出ちゃいます」

切羽詰まっていることを、ストレートに伝える。ところが、典子はほんの一瞬舌を止めただけで、すぐさまおしゃぶりを再開させた。

（え、どうして？）

さっき、彼女は『楽にしてあげる』と言った。つまり射精させるつもりなのか。ペニスの硬さから昂奮しすぎだと見なし、このままではセックスしても長く持たないと判断したのだろうか。一度頂上まで導き、落ち着いてから続きをするつもりなのかもしれない。先に脱いだし、最後までするのは間違いないのだから。

ならば、このまま身を委ねてもかまうまい。

典子が頭を上下させる。すぼめた唇で強ばりをしごき、巻きつけた舌を小刻みに動かした。

刺激としては、決して強くない。そのぶん、愉悦が着実に積み重なり、後戻りができなくなる。

「あ、あ、本当に出ます」

全身が震え、もはや限界だった。足の指を何度も握り込みながら、和志は熱い精を放った。

「ん――」

人妻の動きが止まる。怯んだのは一瞬で、すぐに舌が回り出した。次々とほとばしるものをいなし、口内に溜め込んでいるようである。

「う、う、むうぅ」

和志は呻き、蕩《とろ》ける快美にまみれながら、ありったけのエキスを放出した。

「むはッ――」

最後に息の固まりを吐き出し、脱力する。そのあとも、肌のあちこちがピクッと痙攣するのを、どうすることもできなかった。

典子がそろそろと顔を上げる。秘茎の先端がはずれると、唇をキツく結んだまま立ちあがり、部屋を出ていった。

程なく、洗面所のほうから水音が聞こえてくる。ザーメンを吐き出し、口をゆすいでいるのではないか。

飲んでほしいとは思わなかった。そこまでされるのは申し訳ない。ちゃんとゆすいでもらったほうが、むしろ安心できた。

「ごめんね」

謝りながら典子が戻ってくる。再び和志の脚のあいだに坐ると、唾液に濡れたペニスを握った。

「あうっ」

射精後で過敏になっていたため、腰がブルッと震える。すでに力を失っていたそこに、血流が舞い戻る感覚があった。

「大きくなりそう？」

彼女はちょっと不安げだったが、手の中で筒肉がふくらむのを確認し、嬉しそうに頬を緩めた。

「ホントに元気……また舐めてあげるわ」

顔を伏せて咥え、唾液をたっぷり溜めた口の中でペニスを泳がせる。

「あ、う、ううう」

和志は頭を左右に振り、募る悦びに悶えた。

時間をかけることなく勃起すると、典子が顔を上げる。膨張して艶光る亀頭に、満足げな笑みを浮かべた。

「うん、男はこうでなくっちゃ」

いそいそと腰を浮かせ、自らパンティを脱ぐ。人妻が一糸まとわぬ姿になった。

「飯野さんも脱いで」

言われて即座に身を起こす。まだ下しか脱いでいなかったのだ。和志も素早く全裸になった。

ふたりはソファーの上で、正常位で交わる体勢になった。

「狭くてごめんね」

典子が謝る。和志は「いいえ」と首を横に振った。今さらベッドに移動しなくてもいい。早く彼女の中に入りたかったのだ。

脈打つ牡棒が秘苑へと導かれる。典子は切っ先を恥割れにこすりつけ、挿入しやすいようになじませた。

(すごく濡れてるぞ)

亀頭がミゾに沿ってすべる感覚からわかる。おまけに熱い。

「いいわ。来て」

呼びかけにうなずいたところで、和志は重要なことを思い出した。

(あ、おれ、典子さんのアソコを舐めてない)

熟れ妻のかぐわしさを堪能する絶好のチャンスだったのに。

さりとて、この状況で挿入を中断し、クンニリングスをしたいと求めたところで、彼女は承諾しまい。和志のほうも、内部の温かさと締めつけを早く浴びたかった。

(ええい。またきっとチャンスはあるさ)

自らに言い聞かせ、結ばれることを優先させる。「挿れます」と声をかけ、腰をゆつくりと沈めた。

「――ン」

典子が顔をしかめる。岡元は他の女にうつつを抜かしていたから、妻とはセックスレスだったに違いない。よって、久しぶりに男を受け入れるのだ。

（いたわってあげなくちゃいけないぞ）

さっき、彼女にされたフェラチオのように、思いを込めて可愛がってあげるのだ。肉槍の穂先で狭い入り口を圧し広げ、少しずつ侵入する。人妻の眉間のシワが深くなると、停止して様子を窺った。

そのため、ふたりの陰部がぴったりと重なるまで、一分以上の時間を要した。

「入りましたよ」

告げると、瞼を閉じた典子がうなずく。違和感があるのか、表情が堅い。内部も侵入者を押し返すみたいにどよめいていた。

やはり事前にクンニリングスをして、一度絶頂に導けばよかったのではないか。そうすれば、彼女も受け入れやすかったであろう。

しかし、すでに遅い。

顔つきが和《やわ》らぐのを待って、和志はそろそろと退いた。分身をくびれまで引き抜いて、同じ速度で戻す。繰り返すことで、肉胴に蜜を充分にまといつかせた。

「う……あ――」

典子が切なげに喘ぐ。膣内の蠢きに変化が生じ、今度は奥へ誘い込むようだ。

これなら大丈夫かと、抽送の速度を徐々にあげる。

「あ、あ、うう、あん」

色めいた声が、半開きの唇から洩れる。抉られる淫窟も、ぢゅぷっと卑猥な音を立てた。

(うう、気持ちいい)

和志も歓喜に酔いしれる。

動くことでわかったのだが、彼女の膣はヒダの佇まいが顕著だ。それが敏感なくびれをぴちぴちと刺激して、腰が砕けそうになる快感をもたらすのである。

おかげで、腰づかいが自然とせわしなくなる。

「あん、あん、い、いい」

典子も面差しを蕩けさせてよがる。和志の二の腕を両手で摑み、脚も牡腰に巻きつけて、荒々しいピストンを受け止めた。

ギュッ……ガタッ。

ソファーが軋《きし》み、脚が床をならす。ここは建物の一階だし、元団地で造りも頑丈だ。下の住人を気にする必要はない。遠慮なく人妻を責め苛《さいな》むことができる。

「うあ、あ、あああ、も、もっとぉ」

いよいよ興に乗ってきたようで、典子の嬌声が大きくなる。夫も娘もいない自宅で、八つも年下の男に貫かれ、あられもなく身悶えた。

「ダメダメ、か、感じすぎるぅ」

夫とはご無沙汰でも、熟れたからだは女の歓びを忘れてはいなかった。いや、久しぶりに思い出したと言うべきか。

「おれも気持ちいいです」

腰を休みなく動かしながら告げると、熟れ妻が恥じらうように呻いた。

「うう……こ、こんなの初めてなのぉ」

男にとって嬉しい言葉を口にされ、ますます張り切る。奈央で試した、捻りを加えた腰づかいで攻めると、典子は乱れまくった。

「あひっ、はひっ、いいいい、よ、よすぎるぅ」

悩乱の声を上げられ、愛《いと》しさがこみ上げる。ずっと年上なのに、可愛いひとだと和志は思った。ここは是が非でも、オルガスムスに導きたい。

そう思って一心に蜜穴を穿っていると、彼女が「ね、ね」と呼びかけてきた。

「わ、わたし……イッちゃいそう」

熟女が恥じらいを浮かべながらも、終末が近いことを伝える。

「はい。イッてください」

「飯野さんも――」

「え？」

「お願い、いっしょにイッて。わたしの中に、飯野さんの熱いのを注ぎ込んで」

ハァハァと息をはずませながらのお願いに、和志は急速にこみ上げるものを感じた。中出しの許可を得て、肉体がその気になったようだ。

「わかりました。いっしょにイキましょう」

「ええ……あ、あ、く、来るぅ」

人妻ボディがソファーの上で大きく波打つ。和志は彼女をしっかりと押さえ込み、高速で肉棒を抜き挿しした。

「ああ、イクッ、イッちゃう」

典子がすすり泣き、裸身をぎゅんと反らせた。

「あ――ふはっ、あ……」

硬直し、ヒクヒクとわななく女体の奥に、和志は激情のエキスを放った。

「おおおっ！」

目のくらむ悦びに意識が飛びかける。それでも腰振りだけはやめなかった。射精しながら、蜜芯がグチュグチュと泡立つほどに攪拌《かくはん》する。

（最高だ――）

二度目の樹液を出し尽くし、がっくりと脱力する。汗ばんだからだを重ねて、ふたりは気怠くも心地よい余韻にひたった。

「……イッちゃった」

少し経って、典子がつぶやく。そのときの感覚を反芻《はんすう》するかのように、女膣をなまめかしくすぼめた。

「わたし、あのひと以外の男性としたのって、初めてなの」

あのひととは夫のことなのだ。処女を奪い、結婚したにもかかわらず裏切るなんて。まったく最低な男である。

「それから、こんなに感じたのも。死んじゃうかと思うぐらいによかったわ」

嬉しい告白に、和志はくちづけで応えた。

深く舌を絡め合い、無意識に腰も動かす。彼女の中で、ペニスは軟らかくなっていたのであるが、情感が高まったことで三度目の勃起を果たした。

「え、ウソ」

気がついて、典子が驚きをあらわにする。

「典子さんが素敵だから、また大きくなったんです」

和志の言葉に、彼女ははにかんだ笑みをこぼした。

「じゃあ、もう一回してくれる？　今度はベッドで」

「もちろんです」

「でも、その前にシャワーを浴びましょ。ふたりとも汗でベタベタだから」

「そうですね」

次はクンニリングスをしてあげよう。和志の胸は大いにはずんだ。

第四章　気持ちよすぎる尋問

1

その日の午後、和志のところに内線電話があった。経理課からだ。

「はい、飯野です」

『わたしです。安倉』

声をひそめて名乗ったのは、お隣の人妻、京香であった。

「ああ、どうも。なんでしょうか」

他の社員の手前、努めて事務的な返答をする。

『例の件だけど、容疑者が見つかったのよ』

「え、容ぎ――」

ついオウム返しをしかけて、口をつぐむ。不穏な言葉を誰かに聞かれたらまずい。例の件というのが、岡元部長を指すのはすぐにわかった。だが、不正の事実を掴んだというのではなく、容疑者とは。

（そうすると、やっぱり経理課に協力者がいたのか）

典子から聞いた話は、京香にも伝えた。給与明細の偽装は岡元だけでは無理だから、経理課の同僚を探ってくれたに違いない。

「承知しました。では、どのように処理すればよろしいでしょうか」

『今夜尋問する予定だから、飯野さんにも手伝ってほしいの』

「わかりました。場所はどちらになりますでしょうか」

『わたしのウチで。主人は出張でいないから。時間は……そうね、午後七時に来てもらえる？』

「承知しました。そのようにいたします」

『じゃ、よろしくね』

受話器を置き、和志は何食わぬ顔で仕事に戻った。幸いにも、周囲の誰も不審がってはいない。

胸を撫で下ろしつつも、疑問は湧いてくる。

（尋問ってのは穏やかじゃないな……）

岡元部長が不正をしており、その協力者も見つけたけれど、確たる証拠がないため自白させるというのか。だが、本人に良心がない限り、簡単に認めるとは思えない。

（まさか、拷問して吐かせるつもりじゃないよな）

ふと浮かんだ想像を、和志はまさかと打ち消した。京香は明るくて優しい女性である。暴力的なことは好むまい。

だったら、どうやって喋らせるのだろう。

（……協力者って、女性だよな）

経理課には男性社員もいるが、圧倒的に女性が多い。岡元は女好きだから、好みのタイプを選んで手懐《てなず》けたのではないか。

それならば、京香が手伝ってほしいと言った理由も見当がつく。女同士では埒《らち》が明かないから、脅し役をさせるつもりなのだ。

さりとて、和志は強面《こわもて》ではないし、女性に対して強く出られるような度胸もない。平穏無事な暮らしを求める小市民なのである。

「ねえ――」

隣の席の奈央に脇腹を突かれ、和志はギョッとした。

「え、え、なに？」

他人に明かせないことを考えていたものだから、返事の声が大きくなってしまった。

「シッ」

鼻先に人差し指を立てられ、焦って首を縮める。

「あ、ごめん……なに？」

小声で訊ねると、彼女も声をひそめた。

「今夜空いてる？」

「ああ、えと、今夜は予定が」

「そう」

奈央が残念そうに唇をへの字にする。もしかしたら、アッチのお誘いだったのか。

しかし、今夜は京香の用事を優先させねばならない。

「飯野さん、あとで資料探しを手伝っていただけますか？」

急に他人行儀な言葉遣いになったのは、他の人間に聞かれても怪しまれないようにと考えてであろう。

「うん、いいよ」

奈央は「お願いします」と頭を下げたあと、机上のメモ用紙に素早くペンを走らせた。それを二つに折って、和志に渡す。

（え、何だ？）

怪訝に思ってメモを広げるなり、心臓が止まりそうになる。そこにはたったひと言、こう書かれてあったのだ。

《クンニして》

彼女の恥芯のかぐわしさを思い出し、和志はたまらず勃起した。

2

今日中に終わらせなければならない仕事があったため、資料室に行けたのは終業後であった。

時間があればセックスもと、和志は考えていた。けれど、京香との約束は午後七時だから、のんびりと快楽を貪っていられない。

結局、奈央をクンニリングスで絶頂させ、時間切れとなった。

「ごめんね。わたしだけイッちゃって」

彼女は申し訳なさそうに言い、せめてフェラチオをしようかと提案してくれた。だが、そんなことをしていたら切りがなくなる。なまめかしい秘臭を堪能できただけでも満足だし、また今度と約束して、会社の前で別れた。

元団地である社宅に帰り着いたのは、六時四十五分であった。

和志がすぐさまシャワーを浴びたのは、京香との蜜事を期待してではない。そもそも彼女ひとりではないのだ。余所のお宅を訪問するときのエチケットとして、汗くさいからだを清めたのである。

かくして、約束の午後七時ぴったりに、安倉家の呼び鈴を押すことができた。

「はーい」

返事があって、間もなくドアが開く。迎えてくれた隣家の人妻は、フェミニンなブラウスと、裾の広がったパンツスタイルであった。室内着ではなさそうだし、通勤時の服装から着替えていないようだ。

「こんばんは。あの、容疑者って――」

気になっていたことを訊ねても、彼女は答えることなく、

「とにかく入ってちょうだい」

そう言って和志を招き入れた。考えてみれば、安倉家にお邪魔するのは初めてなのだ。

リビングに入ると、大きなソファーがあった。その前のテーブルには、缶ビールやおつまみがある。どうやら容疑者を自宅に招き、飲んでいたらしい。おそらく油断させるために。

しかし、肝腎のそいつがいない。

「こっちよ」

リビングに続く部屋の引き戸が開けられる。真っ先に目に入ったのはダブルベッドだった。夫婦の寝室のようである。

（え、誰だ？）

ベッドの上に、寝そべっている者がいた。清楚な白いワンピースをまとっており、明らかに女性だ。

正体がすぐにわからなかったのは、アイマスクを着けていたからである。

彼女の両手は頭の上にあり、手首がバスローブの紐《ひも》らしきもので結わえられていた。眠っているのか、胸がかすかに上下するのがわかる以外、まったく動かない。

「誰ですか、これ？」

掠《かす》れ声で訊ねると、京香が腕組みをしてうなずいた。

「細井《ほそい》祐紀《ゆき》さんよ。経理課の」

言われても、すぐには誰かわからなかった。経理課には何度か足を運んだことがあるものの、全員の顔と名前を憶えているわけではない。まして、中途入社して一年しか経っていないのだ。

「まあ、目立たない子だから、名前を聞いてもわからないと思うけど」

京香はベッドの脇に進むと、女性のアイマスクをずらした。

「あ——」

瞼を閉じていても、誰なのかわかった。左目の下のホクロに見覚えがあったのだ。

(そっか、あのひとか……)

言葉を交わしたのは数えるほどだが、印象に残ったのはホクロのせいばかりではない。いつもオドオドして、口癖のように『すみません』を連発していたからだ。

顔立ちは地味ながら、肌が綺麗で若々しく、ひょっとして入社したばかりなのかと和志は思った。ところが、あるとき社員名簿を見る機会があり、祐紀がひとつ上だと知って驚いた。

(つまり細井さんが、岡元部長の不正の手助けをしてたっていうのか?)

正直、信じ難い。いかにも気の弱そうな祐紀が、悪事に荷担したとは思えなかったのである。

「ええと、このひとが？」

半信半疑のまま訊ねると、京香が「そうよ」と首肯《しゅこう》した。

「飯野さんがあとから連絡をくれた、給与明細の件を調べてわかったの。正式な明細とは別に、虚偽のものをこしらえたのは細井さんよ。彼女のパソコンの中にデータがあったわ」

「そうなんですか……」

「あと、岡元部長がどうして社宅に入居できたのかはわからなかったんだけど、以前住んでいた賃貸マンションの住居手当と、そこからの通勤手当が、未だに支払われていたのよ」

「ええっ⁉」

「諸手当には、家賃や定期券なんかの領収書や発行証明が必要なの。半年に一回チェックするんだけど、部長のは提出されていないのに、経理で確認済みになっていたのよ。その担当も細井さんってわけ」

これはもう、祐紀が協力者で間違いないようだ。

「だけど、どうして細井さんがそんなことを？」

「それをこれから確かめるの。部長とどういう関係なのかも含めて」

そのとき、眠っていたはずの祐紀が「うう」と呻く。

「あら、もうすぐ目を覚ましそうね」

京香はアイマスクの位置を元に戻した。

「この場に男性がいることは細井さんに伝えるけど、飯野さんは声を出さないで。誰なのかわからないほうが、彼女も怖がると思うから」

女同士なら抵抗できても、男がいるとなったら祐紀も狼狽するだろう。痛い目に遭わせると怖がらせて、自白させる計略のようだ。

「ところで、どうやって細井さんを眠らせたんですか？」

「お酒にちょっと薬をね。ああ、べつに違法なやつじゃないわよ。市販の睡眠導入剤。彼女はお酒が弱いし、アルコールですぐに効果が出たみたい。三十分も経たずに大あくびだったもの。それで、しばらく休めばって、ここに連れてきたの。横になったら、すぐに寝ちゃったわ」

京香が愉快そうにほほ笑む。まったく、敵に回したら怖いタイプだ。

「……え、あれ？」

祐紀が疑問の声を洩らす。目を開いたのに真っ暗だから、混乱しているようだ。

「気がついたようね」

どことなく芝居がかった口調で京香が言う。サスペンスドラマあたりを真似ているのではないか。

「安倉さん……え、どうして？」

目隠しをされ、さらに手首を縛られていることにも、祐紀は気がついたようだ。

「ちょっとあなたに訊きたいことがあってね、拘束させてもらったわ」

拘束と呼ぶほどには縛《いまし》められていない。それでも、何も見えないことで恐怖が募ったと見える。

「わ、わたしをどうするつもりなんですか」

怯えをあらわに訊ねる彼女は、頭のほうにある手を下げようともしない。手首を縛られているだけで、あとは自由に動かせるのに。

(怖くてからだが固まっちゃったんだな)

あるいは、パニック状態に陥《おちい》り、ヘッドボードに結わえられていると思い込んでいるのか。ここまで臆病な女性が、どうして悪事に手を染めたのだろう。

「とりあえずわかっていることを伝えるけど、あなたは営業部の岡元部長のために給与明細を偽造したわね。それから、本来必要のない住居や通勤の手当も支払われるように、提出されていない領収書類が確認済みだと虚偽の報告もしたわ」

「わ、わたしはそんなこと――」

「しらばっくれても無駄よ。偽造した明細書のデータはあなたのパソコンに残ってたし、確認書のサインもあなたのものじゃない。証拠は揃ってるんだからね」

祐紀が悔しげに口許を歪める。これでは認めたも同然だ。

「そういうわけで、あなたを告発する前に、確かめたいことがあるの。あなたと岡元部長の関係を」

京香の発言に、囚《とら》われの女がビクッと身を震わせる。この反応も、何かあることを如実に示していた。

「関係って、わたしたちはべつに何も……」

「何もなくて、悪いことに手を貸すはずがないじゃない。バレたらクビは確実なんだから」

京香が年下の同僚に手をのばす。ワンピースの前はボタンで留められており、それを上から順番にはずしていった。

「な、何をするんですか?」

「いいから、じっとしてなさい」

裾までのボタンをすべてはずすと、京香がワンピースの前を全開にする。フリルで飾られたピンク色のブラジャーと、同色のパンティがあらわになった。

（わあ）

和志は胸の内で感嘆の声を上げ、コクッと唾を呑み込んだ。

三十一歳の女体は、肌の白さが際立つ。ブラジャーが窮屈そうな乳房は、グラビアアイドル顔負けの大きさだ。いっぽう、ウエストはすっきりしており、豊かに張り出した腰に向かって、綺麗なカーブを描いていた。

（けっこうスタイルがいいんだな）

顔立ちが地味なぶん、やけにそそられる。そう言えば、典子も似たようなタイプだなと気がついた。岡元はそういう女性が好みなのか。

だとすれば、祐紀とも男女の関係にあると見るのが自然だろう。でなければ、不正に手を貸すはずがない。

そして、京香もそうだと見抜いているようだ。

「大きなおっぱいね」

そう言って、谷間部分を指先で突く。

「イヤッ、やめて」

祐紀は悲鳴を上げたものの、そこまで恥ずかしがっていないようだ。やはり女同士だから、下着を見られるぐらいどうということはないらしい。

「いいじゃない。減るもんじゃないし」

オッサンじみた台詞《せりふ》を口にして、京香はブラのカップを上へ大きくずらした。

ぷるん――。

たっぷりした双房が、ゼリーみたいに揺れてあらわになる。さすがに祐紀は「いやぁ」と嘆き、頬を紅潮させた。

乳暈は色が淡く、肌との境界が曖昧である。頂上の突起も陥没気味で、三十路過ぎでも処女のような可憐さだ。

(部長は、このおっぱいを吸ったんだろうか)

そんなことを考えると、胸にモヤモヤしたものがこみ上げる。あいつは元妻とも関係を持ったのだ。これ以上好きにさせてたまるものか。

京香が祐紀の肌をあらわにさせたとき、和志は正直やり過ぎではないかと思ったのである。けれど、今は自白させるためなら、どんな辱めでも与えてやろうという気になっていた。

なぜなら、彼女はにっくき上司の共犯なのだ。

「ど、どうしてこんなことをするんですか?」

祐紀が涙声で非難する。

「あなたにすべて喋ってもらうためよ。あ、言い忘れてたけど、ここにいるのはわたしだけじゃないの。もうひとりいるのよ」

「え？」

「しかも男性が。あなたの素敵なおっぱいに昂奮してるみたいよ」

「う、ウソ――」

「嘘じゃないわ」

本当なのかどうか、祐紀は懸命に考えている様子だ。さすがにそこまではしまい、ただ脅しているだけだという思いと、もしかしたらという恐怖の狭間で揺れ動いているのがわかる。

京香がこちらを振り返り、手招きをした。そばに行くと、

「細井さんのおっぱいを吸ってあげて」

小声で指示を出す。和志は無言でうなずき、ベッドに上がった。

「え、なに？」

祐紀が怯えた声を洩らす。見えなくても、何者かが接近したと気配で察したのだ。

仰向けでも綺麗なドーム型を保つ巨乳。あたかもミルクプリンに、苺《いちご》味のソースを

かけたかのよう。実際、乳くさいような甘い香りが感じられた。

和志はまだ夕食を食べていない。空腹ゆえに食欲もそそられ、おっぱい山の山頂に吸いついた。

「あひッ」

艶めいた声がこぼれ、柔肌が波打つ。自由を奪われていても感じたようだ。もしかしたら、視力を奪われているために、他の感覚が研ぎ澄まされたのか。

味蕾《みらい》に広がるのは、ほんのりと甘みを含んだ塩気である。どことなく懐かしさもあったから、母乳はこんな味なのかもしれない。

和志は尖らせた舌で、隠れがちな突起をほじり出すように抉《えぐ》った。

「あああ、だ、ダメぇ」

祐紀が身悶え、息づかいを荒くする。こんなに感じるのは、

(部長にいつも可愛がってもらっているからだな)

対抗意識を燃やし、ねちっこくねぶる。程なく、乳首が姿を現した。ふくらんで硬くなったそれを舌で転がすと、「あ、あっ」と鋭い嬌声が放たれる。

「そ、それダメぇ」

勃起したことで、乳頭がいっそう感じやすくなったと見える。

和志は反対側にも吸いつき、同じようにほじり舐めた。露出したほうも指で摘まみ、くりくりと転がしてあげる。

「イヤイヤ、し、しないでぇ」

すすり泣き交じりに訴える祐紀は、愛撫しているのが先輩女子だと思い込んでいたらしい。

「うう……女同士なのに、こんなこと――」

彼女がなじるのを聞いて、京香が反論する。

「なに言ってるの？　おっぱいを吸ってるのはわたしじゃないわよ」

そのときも和志は突起を吸いたてていたから、祐紀はようやく、もうひとりいるのだと理解したようだ。

「え、だ、誰なの？」

「そんなことはどうでもいいでしょ。ていうか、おっぱいを吸っているのが男か女かもわからないの？」

そこまで言われて、察するものがあったらしい。

「イヤイヤイヤ、や、やめてぇっ！」

祐紀が全身を暴れさせる。ダブルベッドが不穏な軋みをたてるほどに。

「もういいわ」

京香に肩を叩かれ、和志は彼女から離れた。

「わかったでしょ？　ちゃんと喋らないと、もっと酷《ひど》い目に遭わせるわよ。このひとにあなたをレイプさせることだってできるんだから」

脅されて、祐紀が嗚咽《おえつ》する。もはや観念するしかないと悟ったようだ。

「……わかりました。全部話します」

半裸のボディを羞恥にくねらせながら、彼女はすべてを告白した。

3

思ったとおり、祐紀は岡元と肉体関係があった。それればかりでなく、愛人として囲われていたのである。

「いつからなの？」

京香の問いかけに、彼女は「……二年前ぐらい」と答えた。そうすると、奈央が駄目だったから、ターゲットを変更したのか。

当時、祐紀は親が残した借金の返済もあって、かなり切り詰めた生活をしていたという。家賃も滞納しがちで、このままでは退去させられるというところまで追い詰められたそうだ。

そのことをどこで聞きつけたのか、岡元が声をかけてきた。自宅とは別にマンションをひと部屋借りているから、そこに住んでもいいと。もちろん、彼の愛人になることが条件であった。

祐紀はかなり悩んだと告白した。気弱で引っ込み思案な性格のため、それまで男と付き合ったことがなく、セックスも未経験だったのだ。

だが、このまま一生独身で、男を知らないまま人生を終えるよりは、愛人になったほうがマシかもしれないと考えた。月々の手当ももらえるとのことで、借金もどうにかなりそうである。

かくして、彼女は岡元に抱かれて処女を散らし、愛人としての生活をスタートさせたのだ。

「そうすると、給与明細の偽装や、諸手当の不正受給も、岡元部長の指示だったわけね」

「はい……」

「管理職なのに社宅に入れたのも、あなたが絡んでいたの？」

「いえ、それは総務部長に頼んだと言ってました。お金をいくらか渡したみたいですけど」

祐紀は訊かれたことにちゃんと答えた。案外、いけないことをしているという罪悪感があって、そこから逃れたかったのかもしれない。

「だけど、自宅へ入れるお金を誤魔化して、諸手当を不正にもらうぐらいじゃ、マンションの家賃やあなたへの手当は賄《まかな》えないいんじゃないかしら。それに、部長はかなり羽振りがいいって情報もあるし」

「それは——」

祐紀が口ごもる。急に歯切れが悪くなったから、絶対に何かあると和志は睨んだ。

「ちゃんと話しなさい。約束したでしょ」

京香が促しても、なかなか口を開かない。最後の最後で岡元を庇っている様子だ。それだけに、かなり致命的な秘密なのだろう。

(初めての男だし、情が移ってるのかも)

もしかしたら、明細の偽装や手当の不正受給について、彼女はひとりで罪を被るつもりなのか。そんなことをしたって、岡元は感謝などしまい。ラッキーだとほくそ笑み、他の女に乗り替えるだけなのに。

　ここはどうあっても口を割らせる必要がある。力尽くではなく、祐紀が岡元に愛想を尽かすように仕向けて。

「京香さん、細井さんのアイマスクをはずしてください」

　和志が頼むと、人妻は怪訝な顔を見せつつも、言ったとおりにしてくれた。

　視界の開けた祐紀が、眩《まぶ》しそうに目を細める。天井の明かりから顔を背けるように横を向いたところで、和志の姿を認めた。

「え？」

　彼女がギョッとしたように目を見開く。

「営業部の飯野だけど、わかる？」

　問いかけると、小さくうなずく。うろたえたように目を泳がせたのは、さっきおっぱいを吸われたことを思い出したからだろう。

「細井さん、岡元部長を庇ってるみたいだけど、あいつには守る価値なんてないよ。女にだらしないし、そもそも奥さんがいるのに細井さんを愛人にしてるんだぜ。倫理観なんてまったくないじゃないか」

　祐紀は何か言いたそうに口を開いたものの、また閉じてしまった。もしかしたら、妻と別れて君と結婚すると、甘い言葉を告げられたのかもしれない。

「それから、おれが離婚したのは知ってるよね？　部長は、おれの妻とも関係を持ってたんだ」

「え、そうなの？」

驚きの声を発したのは京香だ。そのことは、彼女にも伝えてなかったのである。

「ええ。部長の奥さんが探偵に調べさせたら、おれの妻との密会写真が撮れたんです」

和志は事情を説明した。横目で窺うと、祐紀も驚愕の面持ちを見せている。

改めて彼女に向き直り、和志は名前を出さずに奈央の件も教えた。

「それから、他にも部長と関係のあった女子社員を、おれは知ってる。その子も愛人にならないかって誘われたんだ。あいつはそういういい加減なやつなんだから、庇う必要なんてないのさ」

訴えても、祐紀はへの字に結んだ口を開かなかった。他に女がいたと教えられて、けれど自分だけは特別なのだと、かえって意固地になったらしい。

「どうやら話す気はないみたいね」

京香がやれやれというふうに肩をすくめる。それでいて、後輩に向けた目をあやしくきらめかせた。

「だったら、カラダに聞くしかないわ」

物騒な台詞に、祐紀がギョッとした顔を見せる。痛い目に遭わされると思ったのであろう。

「京香さん、暴力はマズいですよ」

和志がたしなめると、

「そんなことしないわ」

人妻がはぐらかすように言う。

「痛めつけるんじゃなくて、気持ちよくしてあげるのよ」

「え？」

どういうことかと訝る和志の目の前で、京香がベッドに上がる。後輩女子のパンティに手をかけ、有無を言わせず奪った。

「イヤイヤ、ダメぇっ」

身をよじっての抵抗も虚しく、祐紀は全裸に等しい姿にされた。ワンピースは完全にはだけられているし、ブラジャーもずり上がって乳房がまる出しなのだ。

「ああ……」

羞恥に嘆き、涙をこぼした彼女に、和志は憐憫を覚えた。それでいて、

「ほら、クンニしてあげて」

京香の要請にすぐさま従ったのである。

（細井さんのアソコは、どんな匂いなんだろう）

終業後に、奈央のかぐわしい秘苑を堪能したばかりである。なのに。別の女性の秘苑を暴き、生々しい淫香を嗅いでみたくなったのだ。

人妻と交代してベッドに乗り、祐紀の両膝を左右に大きく開かせる。

「イヤッ、み、見ないで」

金切り声で言われても無視して、その部分に顔を近づけた。

祐紀の秘叢は薄かった。あまり縮れていない毛は、細くて短い。範囲はそれなりに広かったが、地肌が見えており、恥芯の佇まいもよくわかった。

（キウイフルーツみたいだな）

ぷっくりと盛りあがった陰部が、毛の生えた果物を連想させる。

大陰唇の合わせ目はほんのりと赤く、花弁のはみ出しは見られなかった。全体にも肌のくすみは少なく、乳頭と同じくいたいけな眺めだ。

しかしながら、漂う秘臭はなまめかしい。アンモニアの成分を含んだ乳酪臭は、クセのあるチーズの趣《おもむき》か。ケモノっぽい生々しさもあった。

それだけに、胸いっぱいに吸い込まずにいられない。

「飯野さんは、洗ってないオマンコが大好きなのよ」

京香がひと聞きの悪いことを言う。まあ、その通りなのであるが。

「いやぁッ」

祐紀が悲鳴を上げたのは、自身の性器が正直すぎる匂いをさせていることを思い出したからだろう。

「細井さんのここ、すごく綺麗だ。それに、とってもいい匂いがする」

正直な感想も、彼女には辱めでしかなかったようである。

「み、見ないで、嗅がないで。バカぁ」

だったら味わってあげようと、魅惑の源泉に口をつける。わずかに湿った裂け目をひと舐めするなり、頭に衝撃があった。

「舐めないでよ、ヘンタイっ」

どうやら縛られた手を動かせることに気がついたらしい。祐紀が殴ってきたのだ。

「ほら、抵抗するんじゃないの」

京香もベッドに上がってくる。祐紀に跨がり、腕を押さえつけてくれた。

おかげで、和志はクンニリングスを続けられた。

恥割れはわずかに塩気があるぐらいで、味らしい味はない。もの足りなくて舌を差し入れると、ヌルッとした感触があった。さっきの乳首ねぶりで感じ、愛液を滲ませていたのであろうか。

「あ、いやぁ」

色めいた声が聞こえる。嫌がりながらも、快感には抗えないらしい。

いったん口をはずし、ぷっくりした大陰唇に指を添え、左右に開く。隠れていた花びらが現われ、その狭間にヌメった粘膜も覗いた。

「ちょっと、やだ」

女芯の内側まで観察されているとわかったようで、祐紀が腰をよじって抗う。次の瞬間、

「きゃふン」

喘いで艶腰をビクッと震わせた。

「あらあら、乳首をこんなにビンビンにしちゃって」

京香の声が聞こえる。同性の突起を摘まみ、愛撫しているようだ。

「だ、ダメ、あああ」

「ほら、こうすると気持ちいいんでしょ」

女同士の交歓に、全身がカッと熱くなる。負けていられない気になり、和志はあら

わになった粘膜恥帯に口をつけた。

ぢゅぢゅッ——。

こびりついていた蜜をすすり、舌を蜜穴に差し込む。小刻みに出し挿《い》れすれば、祐紀が「ああ、あああっ」と切なげによがった。

「オマンコを舐められて気持ちいいんでしょ。ほら、乳首もイジメてあげる」

「イヤイヤ、あ、あ、しないでぇ」

三十路近くまでバージンだったわけだが、成熟した女体は歓びに目覚めやすかったのではないか。今やすっかり開花した模様である。それをふたりがかりで弄ばれては、どうすることもできなかったであろう。

「ふはっ、あ、ふううう、う、いやぁ」

目の前で、祐紀の下腹がヒクヒクと波打つ。さらに視線を上向きにすると、腹に跨がった京香のヒップが見えた。薄手のパンツに包まれたそれは下着のラインを浮かびあがらせ、物欲しげにくねっているようでもある。

(京香さんも、いやらしいことをされたくなっているのかも)

彼女と交わったのはひと晩のみ。以後は社宅で顔を合わせても、挨拶を交わすぐらいだった。岡元部長のことを調べてほしいとお願いしたときも、用件を伝えただけで終わったのである。

また京香に求められたら、和志は応じるつもりでいた。けれど、こちらからというのはためらわれる。彼女は人妻なのだ。典子のように裏切られたわけではなく、夫婦仲も円満だという。

京香のほうも、夫を裏切ることに罪悪感があって、一度きりでやめたのではないか。何しろ隣人だし、関係が深まれば露呈する恐れもある。そうなったら修羅場は避けられない。

けれど、こうして淫らな展開になった今日は、人妻との交歓が期待できそうである。それには祐紀からすべてを聞き出し、帰らせねばなるまい。

ならば、早く観念させようと、敏感な肉芽を狙って舌を律動させる。

「あ、あ、あ、そこダメぇ」

祐紀がヒップを上下にはずませる。それでもどうにか食らいつき、クリトリスを吸いねぶっていると、

「わたし、そこ弱いの……あ、あああっ、イッちゃう」

時間をかけることなく、彼女は頂上へと向かった。

「飯野さん、イカせてあげて」

京香に言われるまでもなく、一点集中で攻めまくる。遅咲きながら目覚めたボディを、愉悦の境地へ導くために。

「あ、ほ、ホントにイク」

呻くように言った祐紀のからだが強ばる。むっちりした太腿が和志の頭を強く挟み込み、細かく痙攣した。

これで目的を遂げたと安堵したのも束の間、

「やめないで、舐め続けて」

京香の指示が飛ぶ。どうしてなのかと疑問に思いつつ、硬くなった秘核を舌先でくすぐると、

「イヤぁあああっ！」

ひときわ大きな声が寝室に反響した。

「ダメダメ、い、イッたのよぉ」

三十一歳の下半身が暴れる。お腹の上に京香が乗っているのも関係ないとばかりに、上下左右に跳ね躍った。

和志とて、射精後のペニスは亀頭粘膜が敏感で、刺激し続けると強烈なくすぐったさに頭がおかしくなりそうになる。それと同じものを、いや、もしかしたらもっと著

しい、苦痛と紙一重の快感を、祐紀は味わっているのではないか。

『痛めつけるんじゃなくて、気持ちよくしてあげるのよ――』

京香が言ったことの意味を、和志はようやく理解した。

(なるほど。死ぬほどの快感を味わわせて、自白させるのか)

納得してねぶり続ける。時間をかけることなく、祐紀は二度目のオルガスムスへと至った。

「イヤイヤイヤ、イクイクイクイクイクぅううううっ！」

嬌声がほとばしり、女体がぎゅんと硬直する。しばらく痙攣したのち、

「――ンはぁ」

彼女は大きく息をつき、脚をベッドに投げ出した。

これで終わりではないとわかっていたから、和志はなおも女芯にしゃぶりついた。

ところが、祐紀はうるさそうに「うう」と呻くだけで、顕著な反応を示さない。

(あれ？)

続けざまの絶頂で、感覚が麻痺したのであろうか。

「え、どうしたの？」

京香が振り返る。和志は困惑して、「あ、ええと」と、顔を歪めた。

「そっか……ちょっと待ってて」

彼女はぐったりした同僚の上から素早く飛び退くと、サイドテーブルの引き出しを開けた。

中から取りだしたのは、棒状の本体に丸い頭部のついたマッサージ器。俗に電マと呼ばれるものだ。コードがついていないから、充電式なのだろう。

「これを使いましょ」

京香がにんまりと笑みをこぼして言う。どう使うのかなんて、確認するまでもない。アダルト方面ではお馴染みの器具だし、和志もその手の動画を何度も見ていた。

ただ、それがサイドテーブルにあったということは、

（京香さん、これを使ってオナニーしているのか？）

夫が不在の寂しい夜に、電動マシンで自らを慰める場面を想像してしまう。

「ちょっと、ヘンなこと考えないでよ」

年下の男の脳内を推察したか、人妻が睨んでくる。

「これはあくまでも、マッサージに使っているだけなんだからね」

だが、本当にそうであれば、いちいち言い訳などしないはず。そもそも祐紀に使うと口にした時点で、どれほどの効果があるのか知っているわけである。

それでも、レディに恥をかかせてはいけないから、

「ええ、わかってます」

和志は弁明を素直に受け入れた。もっとも、京香は気まずげに眉をひそめたから、確実にバレていると悟ったようだ。

「じゃあ、飯野さんは細井さんを押さえていて。これはわたしが使うから」

「あ、はい」

今度は、京香が祐紀を攻めることになった。女同士だから、どこをどうすれば感じるのかわかるのだろう。それこそ、自分でも愛用していれば。

和志はぐったりしている祐紀に跨がり、馬乗りになった。あまり体重をかけないように気をつけて。京香とは違って下半身のほうを向いたのは、人妻がどんなふうに同性を感じさせるのか興味があったからだ。

「ふうん、綺麗なオマンコね」

後輩女子の秘苑をしげしげと見て、人妻が感想を述べる。それから、手にした電マのスイッチを入れた。

ブブブブブブ――。

マシンが低い唸りをあげる。丸い頭部が振動しているのが、目視でも確認できた。

「それじゃ、天国に送ってあげるわ」

むしろ地獄にでも送りそうな不敵な笑みを浮かべ、京香は電動器具を女体の中心に密着させた。

「あああああああっ！」

すぐさま反応がある。祐紀は高らかな声を張りあげ、裸体をガクンガクンとバウンドさせた。さながらロデオマシーンのごとくに。

(おっと)

和志が振り落とされないように腰を浮かせると、今度は背中を殴られる。祐紀が縛られた両手で抵抗してきたのだ。

しかし、強烈な快感に襲われているためか、それほど強い力ではなかった。

「ダメダメ、それ……っ、強すぎるぅ」

身をよじってもがく彼女は、息づかいがかなり荒い。ぐったりしていたのが嘘のように暴れ、ベッドを揺らした。

「ほら、イッちゃいなさい」

京香がスイッチを操作する。マシンの唸りが大きくなった。

「いやぁ、あ、あ、イクッ、イクッ、イクイクイクぅううっ！」

盛大なアクメ声と共に、祐紀が歓喜の極みへと至る。だが、振動するヘッドは、敏感なポイントからはずされなかった。

「イヤイヤ、い、イッてるのにぃ」

駄々っ子みたいに両脚をジタバタさせても、人妻の執拗な責めは続く。もはや逃れるすべはない。

「あ、またイク」

電マによる二度目のエクスタシーが襲来する。

「うう、ううっ、うううう」

呻き声がこぼれ、白い肌のあちこちがビクッ、ビクッとわななく。まさに断末魔のようで、本当に死んでしまうのではないかと和志は心配になった。

「まだ終わりじゃないわよ」

京香は宣告したものの、祐紀はまた反応しなくなった。電マを強く押しつけても、ハァハァと荒い呼吸が聞こえるだけになる。

そのうち、マシンの振動が弱くなった。充電の電池が切れたらしい。

「まったく、肝腎なときに」

京香は諦めてスイッチをオフにした。

4

　もはや打つ手はないなと、和志は思った。というより、あられもない絶頂シーンを見せられたことで、ペニスが爆発しそうにエレクトしていたのだ。

（これで終わりにしてもいいんじゃないのかな）

　祐紀を帰して、早く京香とふたりっきりになりたい。人妻と濃厚なセックスがしたい。そんな熱望に囚われていたのである。

「こうなったら、飯野さんのオチンチンに頑張ってもらうしかないわね」

　京香がぽつりと言う。思わせぶりに舌なめずりをして。

（それじゃあ、京香さんも――）

　彼女も同性のよがりっぷりに感化され、男が欲しくなったのだ。望みが叶ったと、和志は嬉しくなった。

　しかし、それは早合点だった。

「もう勃起してるんでしょ？」

　ストレートな問いかけに、和志は前のめり気味に「は、はい」とうなずいた。

「だったら、細井さんに挿れてあげて」

「え？」

和志は戸惑った。クンニや電マが不発だったから、セックスで言いなりにさせようというのか。

だが、本人が望んでいないのにセックスまでしたら、完全にレイプである。それはさすがにまずいだろう。

まあ、すでに強制わいせつとしか言えないことをやらかしているのであるが。

「そこまでするのはちょっと……」

和志が躊躇《ちゅうちょ》すると、京香が眉をひそめた。

「え、どうしたの？」

「それだとレイプになっちゃいますよ」

「本人が了承しないのならね」

「え？」

「要は細井さんが、エッチしてっておねだりすればいいわけでしょ」

それはさすがに無理だと、和志は顔をしかめた。

さんざん感じさせられて、あるいは祐紀もその気になっているのかもしれない。けれど、ここまでの頑《かたく》なな態度からして、そう簡単に挿入を許すとは思えなかった。

ところが、京香には勝算があるらしい。

「とりあえず脱いで。下だけでいいから」

言われて、和志は首をかしげつつズボンとブリーフを下ろした。

イチモツは下腹にへばりつかんばかりに反り返り、肉胴に血管を浮かせている。赤く腫れた頭部は粘膜が伸びきって、針でも刺したらパチンとはじけそうだ。鈴口付近も透明な先走りでべっとりと濡れていた。

「ふふ、元気ね」

牡の屹立を目にして、人妻が淫蕩な笑みを浮かべる。和志は恥ずかしくも誇らしい気分で、無意識に胸を反らせた。

「じゃあ、こっちに上がって」

再びふたりでベッドに上がる。瞼を閉じてぐったりしている祐紀の頭を、左右から膝立ちで挟むかたちになった。

「ねえ、細井さん」

京香が呼びかけると、祐紀が面倒くさそうに眉をひそめる。間もなく、瞼がゆっくりと開いた。

からだ。

「え？」

彼女の目が大きく見開かれる。顔の真上に、隆々と聳え立つ牡のシンボルがあった

(うう、見られた)

背すじがムズムズして、和志は腰を揺らした。離婚して以来、三人の女性たちを相手にしたが、新たな視線に顔が熱くなる。

「立派でしょ、飯野さんのオチンチン」

人妻の手が正面から差しのべられ、筒肉に絡みつく。ゆるゆるとしごかれ、和志はたまらず「うああ」と声を洩らした。

「これ、すごく硬いのよ。鉄みたいだわ」

誇らしげな報告に、祐紀は顔を背けることなく男根を凝視する。まるで、自分もさわりたいと訴えるかのように。

(やっぱりその気になってたのか)

岡元に処女を奪われた彼女にとって、これは二本目のペニスだ。クンニリングスと電マで、合計四回もイカされたあとだから、女の部分が逞しいモノで貫かれたくなっていると見える。

これならうまくいきそうだと思ったのであるが、

「これ、細井さんのオマンコに挿れてあげてもいいのよ。岡元部長のこと、全部しゃべったらね」

京香が条件を提示するなり、祐紀の顔色が変わった。正気に戻ったみたいに表情を引き締め、ぷいと横を向く。

（やっぱり駄目か）

和志は落胆した。しかし、それは想定内の反応だったらしい。

「強情なのね」

京香は肩をすくめると、こちらに身を乗り出した。上向いた肉根を自分のほうに傾け、丸く開いた口に迎え入れる。

「あああっ」

和志はのけ反って喘いだ。温かく濡れた中で、舌を絡みつかされたのだ。さらにチュッと吸引され、危うく昇りつめそうになる。

「ん……ンふ」

小鼻をふくらませて、熱心に奉仕する人妻。真下のフクロも、しなやかな指で優しく揉み撫でた。

（細井さん、見てるのかな？）

和志は息をはずませながら上半身を傾け、真下に寝そべる祐紀の顔を覗き込んだ。すると、さっきのように凝視こそしていないが、チラチラと横目で窺っているのがわかった。間近でフェラチオまでされて、さすがに気になるようだ。

「ぷはっ」

口をはずし、京香がふうと息をつく。唾液に濡れた陽根に、指の輪をすべらせた。

「美味しいわ、飯野さんのオチンチン。細井さんもしゃぶってみない？」

誘いの言葉に、祐紀がそっぽを向いて顔をしかめる。その手には乗らないと拒んでいるようながら、腰が落ち着かなくくねっているのを、和志は見逃さなかった。

（本当はしたいんだな）

これならセックスもできるかもしれない。合意の上での交歓なら、和志も大歓迎であった。

「じゃあ、わたしも細井さんに舐めてもらうわ」

そう言って、京香が強ばりから手を離す。身を起こし、裾の広いパンツを艶腰から剝き下ろした。中の下着も一緒に。

フェミニンなブラウスはそのままで、下半身のみをまる出しにした人妻。全裸以上にエロチックで、和志はナマ唾を呑んだ。

しかも彼女は、後輩の上で逆向きの四つん這いになったのである。祐紀の顔の真上に女芯がくるようにして。

「飯野さん、オマンコ舐めて」

あられもない要請に、和志は脳が沸騰するかと思った。

(京香さんのいやらしい匂いが嗅げるんだ)

あのときと同じく、会社から帰ってシャワーも浴びていない、生々しい恥臭を。

とは言え、この体勢では、京香のおしりとヘッドボードのあいだに、あまりスペースがない。背後にうずくまるのは無理だと考え、和志は剝き身のヒップを真上から覗き込むようにした。

それにより、下にいる祐紀と顔を合わせることになる。

「あ――」

彼女は焦って横を向いた。大胆に晒された先輩の秘苑に、目を奪われていたらしい。

同性のそこがどんなふうなのか、女性は気になるのだろうか。

まあ、そんなことはどうでもいい。

(ああ、京香さんの匂いだ……)

間近で嗅いだフレグランスは、このあいだよりも酸味が強い気がする。チーズよりはヨーグルトに近い。

とは言え、好ましいことに変わりはない。

すぐにでも味わいたくなったものの、女芯よりも手前にあるアヌスが気にかかる。短い毛が疎《まば》らに囲む可憐なツボミを、バスルームで舐めてあげたのだ。

まずはこちらからと、和志は尖らせた舌先で、放射状のシワをくすぐった。

「ひっ」

京香が息を吸い込むみたいな声を洩らし、たわわなヒップをビクンと震わせる。

「い、いいの？　そこ、洗ってないのに」

声を震わせての問いかけに、和志は舌で答えた。シワの一本一本を辿るつもりで、丹念に舐める。

「ああん。わ、わたし、おしりの穴を舐められてるぅ」

それは和志ではなく、祐紀に聞かせるための台詞であったろう。まんまと罠にかかった彼女がこちらを向き、驚きをあらわにした。

(部長は、細井さんのここは舐めていないのかな)

さっきの感じっぷりからして、クンニリングスは慣れていたようである。だが、排泄口は未経験らしい。だから気になるのだろう。

「ウソ……」

つぶやいて、目を見開く。アナル刺激で感じた秘唇が、なまめかしく収縮するところも見えているのではないか。

「ねえ、おしりばかりだと切ないの。オマンコも舐めてぇ」

京香のおねだりに応え、和志は頭を下向きにして舌を移動させた。

はみ出した花弁の狭間には、薄白い蜜が滴《したた》らんばかりに溜まっていた。そこに唇をつけ、ぢゅぢゅッと音を立ててすする。

「あひっ」

艶めいた声に煽《あお》られるように、舌を律動させた。

「ああ、あ、感じるぅ」

よがる人妻が、蜜芯をキュッキュッとすぼめる。滾々《こんこん》と溢れるラブジュースは吸い取るのに間に合わず、唾液が混じって量が増えたこともあり、祐紀の顔に滴りそうだ。まるでそれを待ち構えるみたいに、彼女はクンニリングスをガン見している。眉間のシワが悩ましげなのは、自身が舐められたのを思い出しているからか。

だが、こんなのはまだ序の口であった。

「も、もういいわ」

京香に中断を求められ、和志はホッとした。下向きだったため、頭に血が昇っていたのである。

「じゃあ、オチンチンを挿れて。このままバックで」

獣の体位でのセックスを求められ、これがしたかったんだなと理解する。女芯にペニスが出入りするところを目の前で見せつけ、挿れてほしくなるよう仕向けるつもりなのだ。

京香の後ろに膝をつき、祐紀の頭を跨ぐ。真下に顔があるから、結合部をまともに見られることになる。

そう考えると、分身にいっそう力が漲った。

(おれ、変態になったのか?)

陰嚢が揺れるところまで晒すというのに、なぜだか昂奮してしまう。

硬く反り返る肉棒をどうにか前に倒し、熟れ尻の切れ込みにもぐらせる。濡れた裂け目に切っ先をこすりつければ、熱い粘りが絡んでヌルヌルとすべった。

「ね、ね、挿れてぇ」

待ちきれないというふうに京香がせがむ。和志は「わかりました」と答え、胸をときめかせながら女体に挑んだ。

　ぬぬぬ──。

　剛棒が侵入する。狭穴を圧し広げ、根元まで入り込んだ。

「あはぁ」

　京香がのけ反って喘ぐ。牡を咥え込んだ尻がすぼまり、甘美な締めつけを与えてくれた。

（うう、よすぎる）

　セックスしたくてたまらなかったから、悦びがからだの芯まで浸透する。

「動いて……突いてぇ」

　せがまれるまでもなく、和志は陽根を抜き挿しした。

「ああっ、ああっ、すごくいい、もっとぉ」

　あられもなくよがりながらも、京香は後輩に声をかけるのを忘れなかった。

「ほ、細井さん、見てる？　オチンチンが、オマンコに出たり入ったりしてるでしょ」

　祐紀は何も言わなかったが、男女の結合部に目を奪われているのは間違いない。和志は会陰のあたりに強烈な視線を感じていた。

（うう、見られてる）

恥ずかしいところを観察されているのに、無性にゾクゾクする。露出狂の気などなかったはずなのに。

そのため、分身がますます猛々《たけだけ》しくなる。

「ああん」

京香がなまめかしい声を上げた。膣内の逞しい脈打ちを感じたのだろう。

「ね、ねえ、飯野さんのオチンチン、すっごく硬いのよ。細井さんも、い、挿れてほしいでしょ」

「そんな……わ、わたしは」

「無理しなくてもいいのよ。ほら、細井さんのオマンコ、ビショビショじゃない」

「あああ、だ、ダメぇ」

女同士のやりとりにドキッとする。どうやら京香が、祐紀の秘部をいじっているらしい。

「ふふ、クリちゃんが大きくなってるわよ」

「イヤイヤ、こ、こすらないで」

淫らすぎるせめぎ合いに煽られて、腰づかいが荒々しくなる。

ヌチュ……ぐちゅッ――。

濡れ穴が卑猥な粘つきをこぼす。愛液の飛沫《しぶき》が、祐紀の顔に飛び散っているかもしれない。

（こんなの、いやらしすぎる）

これはもう、３Pと言ってもいいのではないか。もちろん和志には初めての体験で、目眩を覚えるほどに昂奮する。性感曲線も急角度で上昇した。

「きょ、京香さん、おれ、もう」

切羽詰まっていることを伝えると、人妻はこちらを振り返らずに、

「いいわよ。中にいっぱい出して」

と、嬉しい許可を与えてくれた。

和志はたわわな熟れ尻を両手で支え、腰を勢いよくぶつけた。女芯を深々と抉り、成熟した女体に悦びを与える。

そうやって激しく攻められながらも、京香は後輩女子を嬲《なぶ》り続けた。

「あん、オチンチン、奥に当たってるぅ。ほ、細井さんも、こんな指なんかより、ふっといのを挿れてほしいでしょ」

「ダメダメ、し、しないでぇ」

どうやら祐紀は指ピストンをされているらしい。真下のハッハッとせわしない息づ

かいが、陰嚢に吹きかかるのを感じる。さすがに気のせいだったのかもしれないが、心臓が壊れそうに高鳴った。

そのあやしいときめきが爆発を呼び込む。

「あああ、い、いきます」

蕩ける悦びに、腰づかいがぎくしゃくする。それでもどうにかピストン運動を続け、和志は人妻の子宮口に熱い樹液をしぶかせた。

「ああーん」

京香がのけ反り、尻の谷をすぼめる。内部がザーメンを絞り取るように収縮して、最高のオルガスムスをもたらしてくれた。

「え、ホントに中でイッちゃったの?」

祐紀はかなり驚いたようだ。妊娠させたらまずいと、岡元は常に避妊具を使っていたのかもしれない。

たっぷりと放精して満足し、和志はペニスを抜去した。

「やん」

焦って身を起こした京香が、枕元のボックスからティッシュを抜き取る。股間に挟み、逆流した精液が滴るのを防いだ。

「飯野さんのオチンチン、中ですごく暴れてたわ。いっぱい出したみたいね」

満足げな笑みをこぼした人妻が、萎えかけた秘茎を握る。そこは男女の体液で濡れていたにもかかわらず、身を屈めて口に入れた。またも祐紀の顔の上で。

「あ、ああっ」

射精後で過敏になっていた亀頭をしゃぶられ、腰が砕けそうになる。甘美な責め苦に喘ぎつつも、牡のシンボルは再びそそり立った。

「ほら、元気」

口をはずしてしごき、京香は後輩に勃起を見せつけた。血管を浮かせ、隆々とそそり立つものを。

「これ、挿れたいでしょ？」

問いかけに答えなかったものの、祐紀の表情から頑なな色が消えている。それどころか、物欲しげに武骨な器官を見つめた。

「挿れてほしいのなら、ちゃんと話してちょうだい。岡元部長のこと、他に何を知ってるの？」

「それは――」

ためらったのは、ほんの刹那《せつな》であった。驚いたことに、祐紀は秘密をすべて暴露したのである。

「——なるほど、そういうことなら納得だわ」

京香がうなずく。岡元が羽振りのいい理由が判明し、すっきりした面持ちだ。

だが、和志は祐紀があっさり喋ったことに、戸惑いを隠しきれなかった。

(そんなにおれとしたいのか？)

悪事に協力し、また、見過ごしてきたことに罪の意識があって、すべてを精算したい気持ちを秘めていたのかもしれない。けれど、この状況で打ち明けたのは、やはりセックスが目的なのだ。

事実、京香が約束を忘れることなく、

「じゃあ、細井さんにオチンチンを挿れてあげて」

和志に告げるなり、祐紀が嬉しそうに頬を緩めたのである。

手首を縛っていた紐がほどかれる。半脱ぎ状態だったワンピースもブラジャーも取り払われ、彼女は全裸になった。

「ほら、飯野さんも脱いで」

京香に言われて、和志も一糸まとわぬ姿になる。どうにでもなれという、捨て鉢な心境だった。

それでも、期待に満ちた面差しの祐紀に身を重ねると、瞬時に情欲が高まる。いけ好かない男の愛人でも、魅力的な女性であるのは間違いないのだ。

それに、奥さんに続いて愛人を寝取るというのも、いっそ小気味よい。

「わたしが導いてあげるわ」

ふたりのあいだに手を入れた人妻が、肉槍の穂先を恥芯にこすりつける。そこは多量の蜜を溢れさせ、クチュクチュと淫靡な音を立てた。

「いやぁ」

恥じらいながらも、祐紀が裸身をしなやかにくねらせる。早く挿れてと、濡れた眼差しがせがんでいた。

「ちゃんと満足するまで可愛がってあげてね」

京香に囁かれ、和志は無言でうなずいた。すると、

「細井さんが終わったら、次はわたしよ。まだイッてないんだから」

おねだりの言葉に、全身が熱くなる。続けざまにふたりの女性を相手にできるとは、なんてラッキーなのだろう。

（……でも、からだ持つかな）

一抹の不安が胸を掠めたが、それよりは快楽を求める気持ちのほうが強かった。

（ま、何とかなるさ）

自らに言い聞かせ、分身に力を漲らせる。京香の指がほどかれると、熱い蜜穴へ一気にダイブした。

「ああ、あ、入ってくるるぅ」

祐紀がのけ反り、歓喜の声をほとばしらせた。

第五章　ほしがる訪問者

1

取引先の数社からリベートを受け取っていたことが判明し、岡元はモリモリを辞めることになった。証拠となる帳簿類や入金された通帳、相手方とのメールのコピーまで会社に渡っては、申し開きなどできなかったはず。

それら証拠の品々を提出したのは祐紀である。岡元は見られたらまずいものは、すべて愛人宅に隠していた。メールをコピーしたのも、もちろん彼女だ。

そんなことが可能だったのは、岡元が祐紀に気を許していた証でもあった。処女を奪って愛人にしたことで、こいつはおれのものだという気持ちが強かったのだろう。裏切られるとは、夢にも思わなかったに違いない。

岡元にとって、女性は一個の人格を持った存在ではなく、自由になるオモチャにも等しかった。だからこそ妻の典子を大切にせず、奈央にも手を出したのである。それらの報いを受けたわけだ。

本来なら、収賄や横領で逮捕されるべき案件である。しかし、会社は事件が表沙汰になるのを避けた。健康食品を扱っているのに、不健全なイメージがついてはまずいという、こじつけでしかない理由で。

そのため、すべてが内々に処理された。

岡元は解雇されたが、祐紀への処分は見送られた。彼女が良心に従ったおかげですべてが明るみになったのであり、罰を与える必要はないと判断されたらしい。

しかし、本音は別にあったと見るべきだ。社内で不正が行われたとなれば、上の人間も責任を取らねばならない。それが嫌だから最小限の罰で済ませたと思われる。

そんないい加減なことでいいのかと、和志は憤慨した。そもそも岡元のような悪漢をのさばらせたのは経営陣である。また、彼が社宅に住めるようにした総務部長など、不正を是とする空気が社内にあったのではないか。

正直、不満はある。けれど、祐紀がお咎めなしになったのだ。また、コトが大袈裟になったら、和志が暗躍したことまで明るみにされる恐れがある。穏便に済んで、むしろよかったと思うことにした。

よって、事の顛末を知る者は、社内でもごく限られた人間である。

岡元は典子と離婚し、娘の親権も取れなかった。運よく没収されずに済んだ貯蓄も、慰謝料でほとんど消えてしまったらしい。

その後、彼がどうなったのか和志は知らない。知りたくもなかった。

典子は娘を連れて実家に戻った。最後の日に挨拶をされて、感謝の言葉も告げられた。これから大変だろうけど頑張ってくださいと和志が励ますと、

「わたしには、この子がいるからだいじょうぶです」

彼女は力強く言い、愛娘の頭を撫でた。

岡元の不正を教訓として、上層部はモリモリの営業部を再編した。マーケティング部門はふたつに分けられ、残念ながら奈央とはオフィスが別になってしまった。

それでも、たまに会ってセックスをしている。但し、倫理規定が厳しくなったためもあり、社内での淫行はやめた。だいたいはラブホテルだが、休日に奈央が社宅に来ることもあった。

岡元の不正が明らかにされた経緯は、奈央にも教えた。人妻も交えた三人プレイには触れずに。鋭い彼女も、そこまでは想像すらしていないようながら、愛人が祐紀だ

った点には驚かなかった。

「部長は女性を支配したいから、ああいう従順そうな子が好きなのよ」

だが、奈央はそういうタイプの女性ではない。なのに岡元が執着していたのは、

「わたしを支配できなくて、悔しかったんでしょうね。プライドを傷つけられたから、細井さんを愛人にしたあとも、わたしが気になっていたのよ」

彼女はそう分析した。

京香の夫は昇進し、出張もなくなった。社宅で夫婦睦まじく暮らし、和志もたまに夕食に招かれることがある。

夜になると、隣から睦言が聞こえる。ふたりは子作りにいそしんでいるようだ。円満なのはいいことだと思いつつも、ちょっぴり妬《や》けてしまう。

新しい上司とはうまくいっている。仕事への見解や姿勢も共通する部分が多く、何よりも部下の意見をしっかり聞くひとなのだ。おかげで力が発揮できて、入社したとき以上に、和志は張り切っていた。

すべてが丸く収まり、仕事も順調。そうなると、プライベートも充実させたくなるのが人間である。

妻に裏切られて離婚したときには、女なんて信用できないと、荒んだ心持ちにもな

った。けれど、そのあとで京香に奈央、典子と、素敵な女性たちと立て続けに親密な関係を持った。おかげで女性不信にならずに済み、今度こそ一生添い遂げられる伴侶を見つけたいと願うようになった。

残念ながら、第一候補だった奈央には断られてしまったが。

いずれいい出会いがあるだろう。未来に望みを託し、それなりに忙しい日々を送る和志であった。

2

その日、社宅に帰ってまずシャワーを浴びた和志は、夕飯をどうしようかと考えた。かなり空腹だったのだ。

(コンビニか……いや、外で食べてもいいな)

最近、チェーンの中華食堂が近くにできたのである。そこに行ってビールと餃子を頼み、タンメンで腹を満たそうと決めたところで、来客を知らせるチャイムが鳴る。

荷物でも届いたのかなと、和志はすぐに玄関へ出てドアを開けた。

「え――」

そこにいた人物を目にするなり、からだが動かなくなる。予想もしなかった、と言うか、意外すぎる人物だったからである。

「……こんばんは」

消え入りそうな声で挨拶をしたのは、経理課の祐紀であった。あの日と同じ、清楚なワンピース姿の。

「――あ、ああ、どうも」

ようやく返事をしたものの、どう対応すればいいのかさっぱりわからない。何しろ、お隣の京香を交えた3Pをして以来、一度も顔を合わせていなかったからだ。

(あ、ひょっとして、京香さんの部屋と間違えたのかも)

そう思って、「ええと、安倉さんは隣」と言いかけたところで、

「わかってます」

静かな声できっぱりと返され、口をつぐむ。つまり、彼女は自分を訪ねてきたのである。

(だけど、何の用事で?)

岡元部長に関わる不正は、すべて解決したはずなのに。

祐紀が証拠の数々を会社に提出する際には、京香がアドバイスをした。彼女は主任

であり、部下に相談されたという体で上との対面にも付き合ったと、あとで本人から聞かされた。

それについては、和志はノータッチだった。そもそも部署が異なるし、岡元は上司でもあったのだ。部下だから不正に関わっていたのではないかと、疑われたら面倒なことになる。よって、すべてを彼女たちに委ねたのである。

正直、不安はあった。最後の最後で祐紀が岡元を売ることを躊躇し、計略が台無しになるのではないかと。

京香によれば、祐紀は最後まで協力的だったという。だからこそ、彼女が処分されることなく会社に残れて、和志は胸を撫で下ろしたのだ。

その祐紀が、どうして自分を訪ねてきたのであろう。

（まさか、あのときのことを怒ってるのか？）

隣の安倉家で、京香と一緒にさんざん辱めたのである。証言を引き出すための苦肉の策だったとは言え。

結果的に、すべて収まるところに収まり、彼女も納得してくれたと思っていた。

しかしながら、祐紀にとっては、必ずしも満足できる結末ではなかったのかもしれない。愛人の座を奪われ、月々の手当ももらえなくなったのだから。

悪事から解放されてすっきりしたのは確かだろうが、会社に残れた以外、彼女が得られたものは皆無だ。まあ、それまでいい思いをしてきたのだし、不満を言える立場ではないけれど。

ただ、ひとりだけ貧乏くじを引いた気になり、関わった和志にクレームをつけに来たのかもしれない。

「上がってもいいですか?」

どこか思い詰めた表情で言われ、和志は反射的に「ど、どうぞ」と招き入れた。とりあえずリビングに通し、

「ええと、お茶でも」

声をかけると、彼女はかぶりを振った。

「けっこうです」

遠慮ではなく、本当にいらないという態度をあからさまにされる。何となく不穏なものを感じつつ、和志は祐紀に座布団を勧めた。相変わらず殺風景な部屋で、テーブルを挟んで彼女の向かいに腰をおろす。

肉体関係をもった間柄にもかかわらず、少しも甘い感じはない。動けなくして弄び、恥ずかしいおねだりをさせたのだから当然か。

「それで、今日はどんなご用件で？」

怖ず怖ずと話を切り出すなり、祐紀がキッと睨んできた。気弱で従順な性格が嘘のように。

（え？）

ギョッとして怯むと、彼女が身を乗り出す。

「責任取ってください」

「責任って、な、何の？」

訊ねると、悔しげに唇を歪めた。

「わたし、ひとりになってから、ずっとしてないんですよ」

「え、してないって？」

「アレです」

言ってから、祐紀が気まずげに目を伏せる。そのしぐさで、男女間の行為のことであるとわかった。

愛人にしてくれた男が会社をクビになり、セックスの相手がいなくなったのはわかっている。だったら、新しい男を見つければいいと言いかけて、それが簡単なことではないのを思い出した。

もともと彼女は、三十路近くまで男を知らなかったのである。その純情さにつけ込まれて、岡元の愛人になったのだ。金銭的な問題を抱えていたのに加え、気弱な性格ゆえに押し切られたところもあったのだろう。

よって、祐紀が自分から恋人を見つけるのは、かなり難しそうである。

(もっと自分に自信を持てればいいんだよな)

色白でプロポーションが抜群だし、女性としての魅力は充分すぎるほどある。あとは心の持ちようで、いくらでも男が寄ってくると思うのだが。

「いや、細井さんは素敵な女性だし、作ろうと思えば彼氏のひとりやふたり――」

「わたし、彼氏なんかほしくありません」

即答され、和志は「え?」となった。それから、まさかと蒼くなる。

(ひょっとして、おれの愛人になるつもりなんじゃ)

岡元が借りていたマンションを出た祐紀は、手頃なアパートを探して引っ越したと京香に聞いた。だが、家賃が負担で、給与とは別に手当もほしいから、ここに住まわせてくれと押し掛けてきたのか。

元団地の社宅は家族用だし、いつまでもひとりで住むわけにはいかない。だからと言って、愛人との同居なんて許可されないに決まっている。

「さすがにそれは無理ですよ」

困惑をあらわにすると、彼女がきょとんとなった。

「どうしてですか？」

「どうしてって、それは……」

「まさか、わたしにしたことを忘れたわけじゃないですよね？　あんなに恥ずかしいことをして、何回もイカせて」

そのときのことを思い出したのか、悩ましげに眉根を寄せる。

「わたし、部長とのセックスでイッたことなんて、ただの一度もなかったんです。義務的に応じていただけで。だって、好きでも何でもないひとでしたから」

愛人としての生活で、性の歓びに目覚めたわけではなかったらしい。イクことは知っていたから、絶頂は自慰によって覚えたのか。

あの日、彼女は和志に貫かれて昇りつめた。そうすると、あれがセックスで迎えた初めてのオルガスムスということになる。

そのあとで、和志は京香と交わり、最後にまた祐紀としたのである。しかも本人に求められて。二度目の交歓で、彼女は続けざまに三度達した。

「わたしにあそこまでして、セックスの歓びをさんざん味わわせておいて、そのあと何もしないなんて酷すぎませんか？」

なじられて、和志はようやく理解した。彼女の訪問の理由を。求めているのは、ひとときの快楽なのだと。

「つまり、またおれに抱いてもらいたくて来たんですか？」

ストレートに訊ねると、祐紀がうろたえて目を泳がせる。それでも、意を決したふうに姿勢を正し、「はい」と首肯した。

このとき、和志は腹を空かせていたことなど、すっかり忘れていたのだ。

3

自分からセックスを求めてきたはずが、寝室に入ってダブルベッドを目にするなり、祐紀は逡巡をあらわにした。

「あ、あの、先にシャワーを」

装いからして会社帰りのようだし、一日働いたあとなのだ。身を清めたくなるのも当然である。

「駄目です」

和志はきっぱりと拒んだ。

「あのとき、京香さんが言ったことを忘れたんですか。おれは、洗ってない女性のカラダが好きなんです」

ひとつ年上の女が狼狽する。素の匂いを漂わせる性器を嗅がれ、舐められたことも思い出したようだ。

「で、でも」

後ずさりしかけた祐紀の腕を摑み、和志は強引に抱き寄せた。有無を言わさず唇を奪う。

「むぅ」

わずかな抵抗こそあったが、祐紀はすぐにおとなしくなった。和志の背中に怖ず怖ずと腕を回し、顔も傾けてくちづけを受け入れる。

腕の中の女体は、甘ったるい匂いをまとっていた。吐息も飾らない生々しさがあり、それがかえって好ましい。本当の彼女を知った気がするからだ。

もっと深く知りたくなって、舌を差し入れる。祐紀は歓迎するように自分のものを戯《たわむ》れさせ、トロリとして甘い唾液も与えてくれた。

頃合いを見てベッドに近づき、和志は彼女を押し倒した。

真上から見おろす顔は、とても色っぽい。目が潤み、濡れた唇がやけに赤いせいなのか。地味だという印象を持っていたけれど、それが間違いだと気づかされる。

(なんだ、こんなに可愛いんじゃないか)

ふれあうことで情愛が増し、そんなふうに感じられたのか。いや、隠されていた魅力にようやく気がついたのだ。

「え、なに?」

じっと見つめられて、祐紀が戸惑いを浮かべる。

「うん……細井さ——祐紀さんって、すごく可愛いんだなと思って」

彼女は頬を紅潮させ、目を落ち着かなく泳がせた。

「ば、バカ」

恥ずかしがるところにも、たまらなくそそられる。

あの日、京香がそうしたように、和志は祐紀のワンピースのボタンを、上から順番に外していった。白い肌と、上下とも淡いココア色の下着があらわになるまで。

あの日も彼女は、ブラとパンティがお揃いであった。普段からインナーには気を配っていると見える。そういう細やかな女性らしさにも、和志は惹かれた。

「ね、ねえ、和志さんも脱いで」

祐紀が涙目でせがむ。下の名前で呼ばれたことに、和志は驚いた。こちらに合わせたのかもしれないが、ちゃんと知っていたことが妙に嬉しい。

「わかった」

和志はベッドから降り、思い切って素っ裸になった。その間に、彼女はワンピースを脱ぎ、ブラジャーのホックもはずす。

ふたりは抱き合ってベッドに倒れ込み、肌を重ねた。

(ああ)

温かくてなめらかな肌に、和志は身悶えしたくなった。汗をかいた名残かほんのりしっとりして、吸いつく感じもたまらない。

そのため、膨張しつつあった分身が、またたく間に力を漲らせた。

昂りを包み隠し、成熟しつつある女体をまさぐる。ふたりのあいだに手を入れて、ふっくらした乳房を揉んだ。

「ん……」

祐紀が悩ましげに眉をひそめる。陥没した突起を指でこすると、息がはずみだした。

「おっぱい吸ってもいい？」

許可を求めると、彼女は泣きそうな顔でなじった。

「そ、そんなこと、いちいち言わなくていいの」

要は、したいようにすればいいということなのだ。だったら遠慮なくと、乳山の頂上に口をつける。舌でほじりながら吸いたてると、

「あ、あ――」

祐紀が身をよじり、切なそうに喘いだ。

間もなく、乳首が山頂から顔を覗かせる。舌ではじくことで硬くふくらみ、存在感をアピールした。

そっちは指で摘まんで転がし、もう一方にも口をつける。

「くうう、う、ふはっ」

喘ぎ声が間断なくこぼれ、艶腰が物欲しげに左右にくねった。

(もう濡れてるんだろうな)

そして、秘苑はいっそうなまめかしいフレグランスを放っているに違いない。

ほの甘い乳頭を存分に味わってから、和志はからだの位置を下げた。柔肌のあちこちにキスを浴びせながら、最後の一枚が待ち受ける中心部へと至る。

(あ――)

和志は発見した。わずかに開いた股間に喰い込むクロッチに、濡れた痕跡があるの

を。光沢のある素材のため、シミが目立つのだ。

恥ずかしい秘密を目撃して、劣情がふくれあがる。脱がせるのが勿体なくなって、和志はパンティの股間に顔を埋めた。

「キャッ、なに？」

祐紀が悲鳴を上げる。何が起こったのかと混乱した様子ながら、敏感なところに熱い吐息を感じて察したようだ。

「ちょっと、ダメ」

脚をジタバタさせても、すでに遅い。和志は濃密なパフュームを、胸いっぱいに吸い込んでいた。

（ああ、素敵だ）

直に嗅いだときよりも、酸味とケモノっぽさが強い。おそらく薄布に染み込んで、熟成されたからであろう。じっとりと湿っているし、生理的な分泌物の他に、汗や尿もかなり含まれているのではないか。

「もう、バカぁ。ヘンタイ」

なじる彼女は、こういうことをされるとわかっていたはずである。それでも、下着の上から嗅がれるのは想定外だったのか、なかなかおとなしくならない。

ならばと、パンティのゴムに指をかけると、待ち構えていたみたいにおしりを浮かせた。ナマ身を嗅がれたほうがまだマシだったのか。

薄物を引き下ろせば、くっついていたクロッチの裏地が秘芯から剝がれる。その瞬間、粘っこい糸が繫がったのを、和志は見逃さなかった。

(もうアソコがヌルヌルになってるんだな)

それこそ、これ以上愛撫しなくても挿入が可能なぐらいに。だからと言って、何もしないで済ませるつもりはなかった。

パンティを爪先からはずし、全裸になった祐紀の下肢を大きく開かせる。前にも目にした、いたいけな佇まいの女芯があらわになった。

「ああ……」

感動の声が洩れる。見た目はまったく変わっていないのに、あのとき以上に胸がドキドキした。今回はふたりっきりだからなのか。

顔を寄せると、独特のチーズ臭が感じられる。匂いも大きな変化はない。幾ぶんツンとした酸味が強いぐらいだろうか。

もっとも、パンティ越しに嗅いだものよりずっと淡い。やはりあれは、布に染み込んだ成分が大部分を占めていたらしい。祐紀が抵抗もせず最後の一枚を奪わせたのは、正解だったと言える。

「ねえ、見るのはもういいでしょ。早くして」

急かす声に（え？）となる。すぐにでも挿入してほしいのかと思えば、

「舐めて……あのときみたいに気持ちよくして」

彼女はクンニリングスを求めた。

先輩女子も交えた三人の戯れで、祐紀は何度も昇りつめた。そのときの快感が忘れられずに、和志を訪ねてきたのである。洗っていない秘部に口をつけられるぐらい、大したことではないと思っているようだ。

（こんなにいやらしいひとになっちゃったなんて）

しかし、こうして素の自分が出せたからこそ、いっそう魅力的になったのではないか。この前のときと、印象が明らかに違っている。

ともあれ、お望みどおりに、かぐわしい秘苑にくちづける。湿った裂け目に舌を入れ、内部の蜜を掻き出すようにねぶった。

「はひッ」

祐紀が鋭い声を発し、腰をビクンとわななかせる。いかにも待ち望んでいたという反応に、和志はねちっこい舌づかいで応えた。わずかな塩気を含んだ蜜汁を、音を立

てすりながら。

「あ、ああ、き、気持ちいいっ」

歌うような声で悦びをあらわにし、ハッハッと呼吸を乱す三十一歳。遅咲きの肉体は本物の快感を知ったことで、男無しではいられなくなるのではないか。

そうなったら、和志が責任を負わねばなるまい。

(祐紀さんさえよければ、ここでいっしょに住んでもいいんだけど)

愛人としてではなく、妻として。彼女にどんどん惹かれていたためもあり、結婚してもいいと思い始めていた。

祐紀だって、わざわざ抱かれに来たぐらいである。憎からず思ってくれているのだろう。すぐには無理でも、こうして肉体の繋がりを持っていれば、いずれ心も通い合うに違いない。

(セックスから始まる恋だって、あっていいはずだよな)

ひとり納得しながら、和志は思いを込めたクンニリングスを心がけた。敏感な肉芽を慈しむように転がせば、

「うう、う、あ、ああっ、それいいッ」

嬌声が寝室を淫ら色に染める。

（もっと感じて――）

舌の疲れを厭《いと》わず秘唇をねぶり続ける。そのまま頂上まで導くつもりで。

ところが、

「ね、ね、わたしにもさせて」

祐紀の求めに戸惑う。何がしたいのか、すぐにはわからなかったのだ。

「お願い。わたしもオチンチンが舐めたいの」

彼女が切なげに身をよじる。シックスナインがしたいのだ。一方的に奉仕されるのが、居たたまれなくなったのかもしれない。

和志は恥芯に口をつけたまま、からだの向きを一八〇度変えた。女体の上に逆向きでかぶさり、胸を膝で跨ぐ。

男が上になっての相互舐め合い。この体勢は、和志は初めてであった。これまでは自分が下になり、顔でヒップを受け止めていたのである。

何か考えがあってこうしたわけではない。祐紀が仰向けだったし、いちいち入れ替わるのは面倒かと思って上に乗ったのだ。

これだとペニスから陰嚢、さらには肛門までまる見えになってしまうことに気がついたのは、強ばりを握られたあとだった。

「あん、こんなに硬い」

下腹にへばりつかんばかりに反り返るものを、祐紀が苦労して下に向かせる。赤く腫れた亀頭を口に入れ、チュッと吸いたてた。

「むふっ」

和志は太い鼻息をこぼし、総身を震わせた。

寝転がってされるフェラチオよりも、背すじがやけにムズムズする。股間を全開にして、無防備に晒しているためだろうか。

(そう言えば、おれ、祐紀さんにフェラされるの初めてじゃないか？)

あの日、京香が美味しそうにしゃぶるのを見せつけられ、興味を惹かれた様子ではあった。ただ、あとは挿入のみで、ペニスに口をつけなかったのである。祐紀との二度目の交わりの前も、口技を尽くして再勃起させたのは京香だった。

そのことを思い出すなり、体幹に歓喜の波が伝わる。筒肉に、舌がねっとりと巻きついたのだ。

「むはッ」

和志は思わずのけ反り、腰をワナワナと震わせた。これも自分が上になっているせいなのか、目がくらむほどに気持ちよかったのである。

「ん……ンふ」

祐紀が鼻を鳴らしながら、熱心に吸茎する。同時に、牡の急所も揉み撫でてくれた。少し強めの指づかいに、性感曲線が急角度で上向く。

（うう、まずい）

和志は焦って女芯にしゃぶりつき、硬くなった花の芽を舌先ではじいた。形勢逆転を狙って。

「んんんんぅ」

呻き声が聞こえ、彼女も感じているのがわかる。しかし、攻撃の手を緩めない。巻きついた舌がニュルニュルと動き、ペニスが喉の奥まで誘い込まれるようであった。

男女のせめぎ合いは一進一退の攻防となり、結果的に両者とも上昇した。

（限界だ――）

和志はやむなく女芯から口をはずした。

「そんなにされたら出ちゃうよ」

爆発が近いことを伝えても、祐紀は男根への施しをやめない。それどころか、いっそう強く吸いたてる。

（おれをイカせるつもりなのか？）

そうはさせじと、再び顔を伏せる。秘核だけでは足りないとわかり、指を膣に侵入させた。

「むぅ、う、ううう」

祐紀が腰をくねらせる。玉袋に当たる鼻息も強くなった。

これなら逆転できると、指ピストンとクリ舐めで女体を翻弄する。高まる愉悦と闘いながら。

おかげで、先に祐紀を頂上へ導くことができた。

「むふふふふふふぅっ！」

肉根を頰張ったまま、彼女がブリッジをするように腰を浮かせる。裸身がピクピクと痙攣し、オルガスムスを迎えたのだとわかった。

(よし、勝ったぞ)

と、油断したのがまずかった。祐紀はペニスを吐き出さず、絶頂しながらも吸引と、急所への愛撫を続けていたのである。

そのため、和志も折り返し不能となる。

「ふは――あああ、で、出る」

のけ反って終末を告げた直後、熱いエキスが尿道を駆け抜けた。

びゅるんッ——。

ザーメンが勢いよく放たれたのと同時に、彼女の喉がゴクッと鳴る。おまけに、しなやかな指が、ポンプでも扱うみたいにタマを揉み続けたのだ。

「ああ、ああ、ああ、ああ」

和志は蕩ける悦びにまみれ、多量の精をしぶかせた。次々とほとばしる青くさい粘汁を、祐紀は噎《む》せることなく、すべて喉の奥に落としたようだ。

(ああ、飲まれてる……)

強烈な絶頂感で、頭がボーッとなる。四肢のあちこちをピクッと震わせながら、和志は気怠い余韻に長くひたった。

4

力尽きて仰向けになった和志の股間に、祐紀が顔を伏せる。たっぷりと放精して力を失った秘茎を口に含み、唾液を溜めた中で泳がせた。

「ううう」

射精後で過敏になった亀頭粘膜に、鈍い痛みが生じる。それが薄らぐと、海綿体が血流を呼び込んで膨張した。

しかしながら、すぐに完全勃起とはならない。口内発射が気持ちよすぎて、肉体の疲労も著しかったのだ。

「祐紀さん、フェラしながらでいいから、おれの顔におしりを乗せて」

女性が上になるシックスナインを促すと、彼女はどうしようという顔を見せながらも従ってくれた。

丸々とした白いおしりが眼前に迫る。綺麗な肌は興醒めするようなブツブツはなく、太腿との付け根部分に、わずかなくすみが見られる程度だ。おそらく、デスクワークが長いからだろう。

ぱっくりと割れた秘め谷の底は、さんざんねぶられた名残で濡れている。唾液だけでなく、ラブジュースも合わさって、淫靡な匂いを漂わせていた。

何よりも目を惹いたのはアヌスだ。ちんまりして可愛らしく、おまけにピンク色だったのである。ここから体内のものが排泄されるなんて、とても信じられない。

「うう」

祐紀が恥じらいの呻きをこぼす。クンニリングスをされたあとでも、浮かせたヒップをなかなか下ろしてくれなかった。

和志は待ちきれず、双丘を両手で摑むと、強引に引き寄せた。

「──はッ、だ、ダメっ」

彼女は肉根を吐き出して抗ったものの、不安定な姿勢で持ちこたえられるはずがない。柔らかな重みで、男の顔を潰すことになる。

「ああん、もう」

嘆いて、フェラチオを再開させる。恥ずかしさを誤魔化すためだろう。

(ああ、祐紀さんのおしり)

密着したたわわなお肉は弾力に富み、肌もなめらか。顔にぴったりと吸いつくようで、窒息感すら心地よい。

和志は陶酔にひたりつつ、湿った女陰をねぶった。

途中、舌を秘肛へと移動させたのは、可憐なツボミを悪戯《いたずら》したくなったからだ。それに、どんな味なのかも知りたかった。

「んんッ」

その瞬間、祐紀が呻き、ふっくら臀部を震わせる。咎められるかと思えば、そのままアナルねぶりを続けさせてくれた。

(感じてるのかな)

その部分は舌に反応して、ヒクヒクと収縮する。くすぐったくも気持ちよさそうであった。

処女を卒業したのは遅くても、それは単に相手に恵まれなかっただけのこと。実は性的なことに興味津々で、好奇心も旺盛なのではないか。

あるいは、京香はそれを見抜いたからこそ、目の前でフェラチオやセックスを見せつけたのかもしれない。祐紀が我慢できなくなり、すべて暴露すると見越して。

実際、今もアナル舐めに抵抗すら示さない。もしかしたら、自分でも後ろの穴をいじったことがあるのではないか。

(オナニーはけっこうしてたみたいだものな)

でなければ、クンニリングスや電マで、あそこまで鋭敏な反応を示すはずがない。おとなしくて気弱な女性が、いやらしいことに関心が尽きず、あれこれ妄想して自慰に耽っていたなんて。仕事とプライベートのギャップに昂りが募る。

(真面目そうに見えて、本当はエッチだったんだな)

だからこそ、愛人の誘いにもOKしたのだろう。もちろん、それ以外のやむにやまれぬ事情があったにせよ、最終的には本人の判断だったのだ。

そして、狂おしい快感が忘れられず、こうして彼氏でもない男に抱かれている。

（いやらしいひとだ）

願いを叶えるべく、和志は恥芯とアヌスを行ったり来たりで、丹念に奉仕した。キツく閉じた放射状のシワを舌先でこじ開けようとすれば、彼女は抗いつつも甘い呻きをこぼした。

淫らな心が高まったためもあり、和志は再び凛然となった。

「あん、すごい」

口をはずした祐紀は、唾液に濡れたイチモツを惚れ惚れと見つめているようである。指の輪をすべらせ、逞しさも確認する。

「おれ、祐紀さんとしたい」

こちらから求めると、彼女はすぐさま身を起こした。

「和志さんは寝てていいわ」

牡の腰に跨がり、聳え立つ陽根を逆手で握る。尖端に自らの中心をあてがい、ヌルヌルとこすりつけた。

「久しぶり……」

つぶやいて、頰を赤らめる。表情に期待が満ちあふれていた。

「じゃ、するね」

祐紀がそろそろと腰をおろす。しとどになっていた蜜穴は、剛棒を抵抗なく迎え入れた。

「おお」

甘美な締めつけを浴び、和志は背中を浮かせて喘いだ。

「ああん」

坐り込んだ祐紀も、背すじをピンとのばす。内部のヒダが、歓迎するようにどよめいているのがわかった。

「気持ちいい」

挿入されただけで、彼女は早くも感じ入った面差しを見せている。もっとよくなりとばかりに、腰を前後に振り出した。

ヌチュっ――。

交わった性器が、卑猥な濡れ音をこぼす。

祐紀が上半身をはずませだす。すぼめた膣で屹立を磨き、自身も愉悦の流れに身を投じた。

「あ、あ、あん、ああっ、感じる」

目を閉じてせわしなく息をこぼし、身をよじってよがる。胸元では、豊満な乳房が水風船みたいに揺れていた。

(セックスが大好きって感じだな)

義務として抱かれる愛人生活から解放され、心置きなく愉しめるようになったのではないか。

一心に快感を求める彼女を、和志はほほ笑ましく思いながら見つめていた。射精したばかりだし、まだ余裕があったのだ。

すると、視線に気がついたのか、祐紀が瞼を開く。和志と目が合うなり、激しく動揺した。

「な、なに見てるの?」

「いや、気持ちよさそうにしてる祐紀さんが、可愛いと思って」

「バカっ」

彼女が涙目で罵る。ひとりで夢中になっているところを観察され、恥ずかしかったらしい。

祐紀は繋がったまま、よろめきながら回れ右をした。

「あうっ」

水平方向にペニスをねじられ、和志はたまらず声を上げた。

背中を向けると、彼女は前屈みになって和志の膝に両手を突いた。こっそり見ていたことに罰を与えるみたいに、もっちりヒップを勢いよく上下させる。

パンパンパン……。

臀部と下腹の衝突が、リズミカルな音を鳴らす。膣も意識して締めているようで、甘美な摩擦に和志は翻弄された。

「あ、ちょ、ちょっと」

焦って呼びかけても、逆ピストンは止まらない。仕返しに絶頂まで導くつもりのようである。

ならばと、和志は女体を勢いよく突き上げた。

「きゃんッ」

祐紀が悲鳴を上げ、腰をわずかに浮かせる。そこを狙って高速の抽送で攻めまくると、彼女はたちまち乱れた。

「ああっ、だ、ダメぇ」

力が入らなくなったか、からだを前に倒す。それにより臀裂がぱっくりと割れ、肉棒を挿入されるところがよく見えた。

（うう、いやらしい）

卑猥すぎる眺めは、いっそ交尾という動物的な呼び名が相応しい。獣欲が煽られて、腰を休みなく上下にはずませる。

「あ、あ、あ、しないで……それ、激しすぎるぅ」

言葉では拒みつつも、肉体は歓喜に染まっているよう。尻の谷間で可憐なアヌスが、もっとしてと言いたげにヒクついていた。

そのため、和志も上昇を余儀なくされた。口内発射で昇りつめ、それほど時間が経っていないというのに。体位を変えたせいか、膣の締めつけも強まっていたのだ。

「おれ、またイキそうだよ」

正直に伝えると、祐紀が何度もうなずいた。

「い、いいわ。中に出して」

射精を促したのは、乱れるところを見られたくなかったからであろう。しかし、そうは問屋が卸さない。

「じゃあ、祐紀さんもいっしょに」

疲れも知らずに攻めまくれば、彼女も頂上へと駆けあがる。

「ダメダメ、い、イク、イッちゃうからぁ」

それがこちらの目的なのだ。すすり泣いても無視である。

「ああ、祐紀さんの中、すごくいい。また出すからね」

「は、早くイッて……あ、ああっ、ダメダメダメぇ」

膣奥の、熱く蕩けたところを深々と抉ることで、彼女は愉悦の極みへと到達した。同時に、和志もめくるめく歓喜に巻かれ、熱い滾りを噴きあげる。

「おおおっ、ゆ、祐紀さんっ」

「イクッ、イクッ、イクッ、はひぃいいいいっ！」

エンストした車みたいに裸体をガクガクと揺らしたのち、祐紀が脱力してベッドに転がる。胎児のようにからだを丸め、ハァハァと荒い呼吸を繰り返した。

「ふう」

ひと息ついて、和志は身を起こした。

たっぷりと放精してもなお、分身はそそり立ったままだった。筋張った胴には、愛液と精液の混じった白い濁りがまといついている。交わりの激しさを物語るそれに、新たな劣情がふくれあがった。

(まだできそうだな)

祐紀はこちらにおしりを向けて横臥《おうが》していた。股間から中出しされたザーメンが滴っており、いっそうそそられる。

彼女の秘芯に、断りもなくペニスを突き立てたい。淫らな衝動に駆られたとき、寝室の引き戸が開けられた。

「え？」

振り返って凍りつく。そこにいたのは奈央だった。

（……あ、しまった。鍵をかけてなかったんだ！）

祐紀を招き入れたあと、ドアをロックしなかったのである。用が済んだらすぐに帰ると思って。色めいた展開になったあと、そのことをすっかり忘れていたのだ。

どうして奈央がという疑問も、すぐさま見当がつく。彼女はここに来たことがあり、この部屋でセックスもした。驚かそうと思って連絡もせず来たところ、あやしい気配に勘づいて、こっそり入ってきたのだろう。

そして、決定的な場面に遭遇したというのに、顔色ひとつ変えていない。

「キャッ！」

侵入者に気がついて、祐紀が悲鳴を上げる。ベッドカバーを引っ剝がし、からだに巻きつけて肌を隠した。

「え、細井さん？　……ああ、なるほど」

合点がいったという面持ちで、奈央がうなずく。岡元部長の件で祐紀と関わったことは教えたから、それがきっかけで男女の関係になったと解釈したようである。

「ごめんね、いきなり入ってきちゃって。ちょっと飯野さんを驚かそうと思って」

悪びれもせずニッコリ笑い、彼女が自己紹介をする。

「営業部の和島奈央です。飯野さんとは同じ部署で、岡元部長の件で情報交換もしていたの。細井さんのことも、飯野さんから聞いたわ」

朗らかに言われても、祐紀は未だに状況が呑み込めていないふうに目をパチパチさせる。無理もない。

「わたしも飯野さんとはエッチする仲だから、細井さんとは姉妹みたいなものね。サオ姉妹。あ、わたしは岡元部長としたこともあったから、ダブルサオ姉妹かしら」

あっけらかんと露骨なことを言われ、祐紀は身構える気をなくした様子である。

「そうだったの……」

つぶやくように言ってうなずき、和志を横目で睨む。秘密にしていたことを、どうして喋ったのかと憤慨しているようだ。

「ええと、岡元部長の件は最初に和島さんから聞いて、それから経理の安倉さんに調べてもらって、色々とわかったんだ」

奈央が最初から関係者だったことを説明すると、祐紀はようやく納得してくれたらしい。それでも不機嫌な表情を崩さなかったのは、いいところを邪魔されて気分を害したためだったのか。

ともあれ、これで意思の疎通が図れたと思ったようで、

「そういうことだから、これから仲良くしましょうね。三人で」

明るく提案した奈央が、いきなり服を脱ぎ出す。和志は驚きのあまり固まった。

(な、何を考えてるんだよ!?)

ふたりっきりだったら、べつに問題はない。彼女とはそういう間柄なのだから。

しかし、この場には祐紀もいるのだ。

「どうせなら三人でしましょ。そのほうが気持ちいいし、楽しいと思うわ」

たちまち素っ裸になった奈央が、断りもなくベッドに上がってくる。すでに決定済みだと言わんばかりに。

「いや、だけど――」

困惑をあらわにした和志を無視して、奈央は祐紀に話しかけた。

「わたし、3Pにすっごく興味があるんだけど、まだしたことないの。細井さんは？」

問いかけに、祐紀は馬鹿正直にも「一度だけ……」と答えた。

「あ、経験者なんだ。ふうん」

振り返った奈央が、思わせぶりにうなずく。祐紀が愛人になるまで処女だったことも知っているから、和志が複数プレイに絡んでいると見抜いたようだ。

そうなると、もうひとりは誰なのかということになる。今回の関係者は、他に隣の人妻しかいない。

「ああ、もう、わかったよ。三人でしよう」

これ以上詮索されたくなくて、和志は自棄《やけ》気味に同意した。

「細井さんもいいよね？　いっしょに気持ちよくなろ」

奈央の誘いに、祐紀も小さくうなずく。その表情は、心なしかわくわくしているようであった。京香の部屋でしたときのことを思い出したのか。

（てことは、これからは和島さんと祐紀さん、ふたりと付き合うことになるのか）

日替わりならまだしも、三人でするのは負担が大きい。両手に花だなんて、喜んでばかりもいられない。

（からだ、持つかな……）

明日からスタミナ補給のドリンクが欠かせなくなりそうだ。

「じゃあ、とりあえず駆けつけ三杯っていうか、駆けつけクンニね。飯野さん、わたしのオマンコ舐めて」

奈央がベッドに寝転がり、脚を大胆に開く。和志はやれやれとあきれつつ、かぐわしい花園に顔を埋めた。

かつて団地だった社宅の一室に、なまめかしい声が流れた。

（了）

＊本作品はフィクションです。作品内の人名、地名、団体名等は実在のものとは関係ありません。

長編小説
発情団地《はつじようだんち》
橘《たちばな》 真児《しんじ》

2022年10月31日　初版第一刷発行

ブックデザイン……………………　橋元浩明(sowhat.Inc.)

発行人………………………………………後藤明信
発行所………………………………………株式会社竹書房
〒102-0075　東京都千代田区三番町8－1
三番町東急ビル6F
email：info@takeshobo.co.jp
http://www.takeshobo.co.jp
印刷・製本…………………………中央精版印刷株式会社